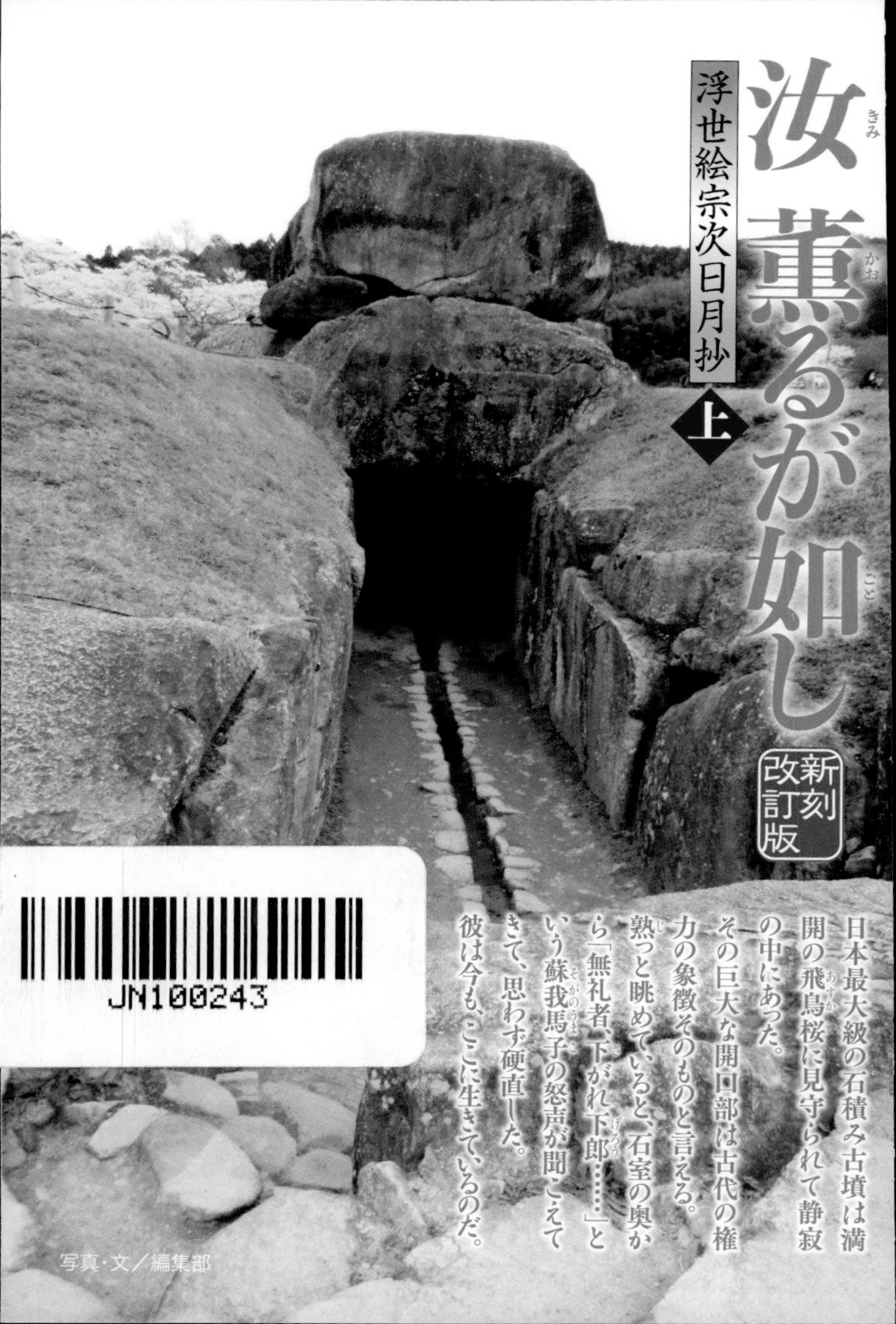

汝《きみ》薫《かお》るが如《ごと》し

浮世絵宗次日月抄

上

新刻改訂版

日本最大級の石積み古墳は満開の飛鳥《あすか》桜に見守られて静寂の中にあった。

その巨大な開口部は古代の権力の象徴そのものと言える。

熟《じ》っと眺めていると、石室の奥から「無礼者、下がれ下郎《げろう》……」という蘇我馬子《そがのうまこ》の怒声が聞こえてきて、思わず硬直した。

彼は今も、ここに生きているのだ。

写真・文／編集部

飛鳥《あすか》の巨石には**歴史**が潜んでいる。**神秘**が潜んでいる。**人知**が潜んでいる。そして強大な古代の**権力**が呑《の》み込まれている。写真の巨大な横穴式石室を備えた石積み古墳の基底部は、東西の辺が約五十五メートル、南北の辺が約五十二メートルだ。そして石室の天井を覆《おお》っている驚異の巨石二枚のうち、南側の一枚はなんと重量**約七十七トン**。

現代の重機を用いても楽楽と簡単には上がらない。今より**千四百年もの昔**、如何《いか》なる手段で石室天井に乗せたのであろうか。

古き飛鳥の時代、なんとしても天皇家の一族に加わらんとする凄まじい野心家がいた。**蘇我馬子**《そがのうまこ》だ。彼は自分の娘を妃《きさき》として宮廷に送り込んだ。**厩戸皇子**《うまやどのみこ》(聖徳太子《しょうとくたいし》)の妃**刀自古郎女**《とじこのいらつめ》、舒明《じょめい》天皇の妃**法提郎媛**《ほてのいらつめ》などは、**蘇我馬子の娘**である。こうして政治権力を握って**専横を極めた馬子**は、五九二年(崇峻《すしゅん》五年)意見の対立が顕著となってきた第三十二代崇峻天皇をついに**暗殺**するという許されぬ暴挙に打って出た。黒い野心とはまことに恐ろしい。**古代の事**とは言え身の毛が弥立《よだ》つ。

蘇我馬子の墓であるとするこの巨石の古墳を眺めているだけで、**炎《ひ》のような彼の野心**が、ひしひしと伝わってくる。幾多《いくた》の将兵の不満の叫びと共に……。

大番頭筆頭七千石、西条山城守貞頼《さいじょうやましろのかみさだより》の姫**美雪**《みゆき》は、その寺院の**西門**の前で歩みを休め、深深と御辞儀《おじぎ》をした。そして**扉通り**の手前まで近寄ると立ち止まり合掌した。**扉通り**とは柱と柱を連結している**頑丈な横柱**を指し、門の命でもある。

『幾度も戦火を浴びすっかり寂《さみ》しくなってしまった寺院だがのう』と祖母から教えられた**聖徳太**《しょうとくたい》**子**《し》建立の七か寺の一《ひとつ》、もと**尼寺**ではあったが、美しい**講堂**は戦火に耐え抜き凛《りん》と佇《たたず》んでいた。美雪は門を潜《くぐ》り長い石畳を進んで第二門・**東門**に至り思わず息をのんだ。東門は**一枚の額**《がく》となって優美な明日香《あすか》の峰峰、粒柿《つぶがき》実る柿の林、民家の屋根屋根を、二頭の獅子《しし》に見守らせ**一幅**《いっぷく》**の画**《え》として静かに収めていた。**なんという芸術の境地**《きょうち》、と呟いた美雪の目が感動で微かに潤んだ。

甘樫山《あまかしのおか》は飛鳥の里の母なる丘じゃ。心を静めて散策してきなされ、と祖母から勧められた美雪は、腕利《うでき》きの警護の家臣に目立たぬよう見守られつつ、ひとり甘樫山の頂《いただき》に立った。

ああ、なんとこれは美しいこと！

さわやかな風がやさしく吹きぬける中で美雪は瞳を輝かせた。自分がこの数日散策してきた寺寺が、そして田畑や林や民家が、明るく降り注ぐ日差しを浴び生き生きと気位高く息衝いていた。美雪はすぐれた絵の中に居る自分を感じた。美雪は、ほっそりとした白い指先で絵の一点を指し呟いた。向こうに見えているのが境内に陰陽石を多数置いてあった縁結びの神様飛鳥坐神社《あすかにいますじんじゃ》ね、と。宗次の精悍《せいかん》な顔が一瞬胸の内に甦った。そして、あれが飛鳥寺ね何と厳《おごそ》かに見えること、と指先を僅かに下げて漏らした。飛鳥寺は亡き母の生家《さと》と血のつながりがあるかも知れない蘇我馬子《そがのうまこ》が開基の寺院と美雪は承知している。本尊は釈迦如《しゃかにょ》来《らい》である。美雪は飛鳥寺の手前の田畑の中に小さくポツンと見えている石碑《せきひ》・五輪塔に向けて悲し気に合掌した。それは古代の権力をほしいままにした蘇我入鹿《そがのいるか》の首塚と伝えられていた。合掌を解いた美雪は、飛鳥寺の南の方角へ目を凝《こ》らした。青草に覆われたそこに在《あ》った女帝・第三十五代皇極《こうぎょく》天皇の板蓋宮《いたぶきのみや》に呼ばれた入鹿は衛士に剣を預けて大極殿に入るや、女帝の息《そく》中大兄皇子《なかのおおえのみこ》に首を落とされ、その首は雷鳴のような恐ろしい怒りを発して首塚・五輪塔まで飛んだと伝えられている。

新刻改訂版

汝《きみ》 薫《かお》るが如《ごと》し（上）

浮世絵宗次日月抄

門田泰明

祥伝社文庫

目次

汝《きみ》薫《かお》るが如《ごと》し（上）　7

朝廷と蘇我氏の関係図

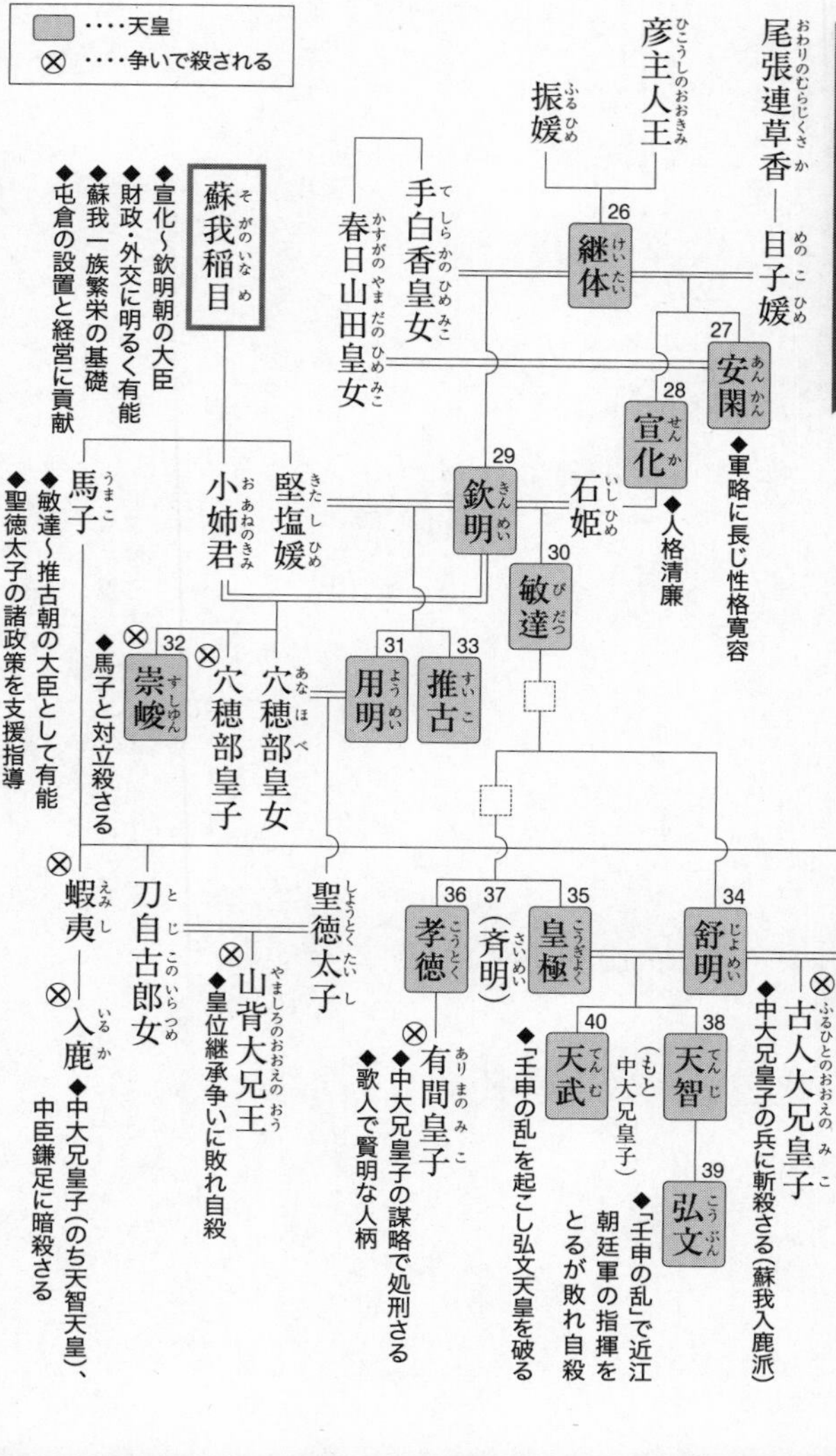

・・・・天皇
⊗・・・・争いで殺される
尾張連草香《おわりのむらじくさか》
目子媛《めのこひめ》
彦主人王《ひこうしのおおきみ》
振媛《ふるひめ》
26 継体《けいたい》
27 安閑《あんかん》
◆軍略に長じ性格寛容
28 宣化《せんか》
◆人格清廉
手白香皇女《てしらかのひめみこ》
春日山田皇女《かすがのやまだのひめみこ》
29 欽明《きんめい》
石姫《いしひめ》
30 敏達《びだつ》
蘇我稲目《そがのいなめ》
◆宣化～欽明朝の大臣
◆財政・外交に明るく有能
◆蘇我一族繁栄の基礎
◆屯倉の設置と経営に貢献
堅塩媛《きたしひめ》
小姉君《おあねのきみ》
馬子《うまこ》
◆敏達～推古朝の大臣として有能
◆聖徳太子の諸政策を支援指導
31 用明《ようめい》
33 推古《すいこ》
32 ⊗ 崇峻《すしゅん》
◆馬子と対立殺さる
⊗ 穴穂部皇子
穴穂部《あなほべ》皇女
聖徳太子《しょうとくたいし》
刀自古郎女《とじこのいらつめ》
⊗ 蝦夷《えみし》
⊗ 入鹿《いるか》
◆中大兄皇子（のち天智天皇）、中臣鎌足に暗殺さる
⊗ 山背大兄王《やましろのおおえのおう》
◆皇位継承争いに敗れ自殺
34 舒明《じょめい》
35 皇極《こうぎょく》
37 （斉明《さいめい》）
36 孝徳《こうとく》
⊗ 有間皇子《ありまのみこ》
◆中大兄皇子の謀略で処刑さる
◆歌人で賢明な人柄
法提郎媛《ほてのいらつめ》
⊗ 古人大兄皇子《ふるひとのおおえのみこ》
◆中大兄皇子の兵に斬殺さる（蘇我入鹿派）
38 天智《てんじ》
（もと中大兄皇子）
39 弘文《こうぶん》
◆「壬申の乱」で近江朝廷軍の指揮をとるが敗れ自殺
40 天武《てんむ》
◆「壬申の乱」を起こし弘文天皇を破る

汝《きみ》薫《かお》るが如《ごと》し（上）

一

それは一人の老爺《ろうや》と七人の侍たちから成《な》る一行《いっこう》だった。

老爺には、百姓《ひやくしよう》身形《みなり》を手軽《てがる》な旅姿《たびすがた》に変えたような、つまり近場《ちかば》まで出掛《でか》けて今し方《いまがた》戻ってきたような下僕風の印象がある。

それに比べ七人の侍たちはかなり遠方より訪れたらしい身形《みなり》であった。塗一《ぬりいち》文字笠《もんじがさ》を前下げ気味として深めにかぶり、柄袋《つかぶくろ》をした大小刀を帯《お》びて、紺の旅羽織に野袴《のばかま》である。手には手甲《てつこう》を付け、脚には脚絆《きやはん》を巻き付けている。旅羽織には、家紋は入っていない。

老爺は侍たちを先導するかのように少し前を行き、縦《たて》に一列となった七人の侍たちは一人を先頭に立て、二、三間《げん》ばかり間《あいだ》を空《あ》けたその後ろに六人が従っていた。

それは誰の目にも、先頭に位置する一人の侍に六人の侍たちが付き従っていると見える光景だった。

その先頭に立つ侍が腰に帯びている大小刀は、付き従っていると見える六人の侍たちの大小刀よりも、その寸法がかなり短い。

一行八人を飲み込むように包んでいる周囲《まわり》の山や林は、楓《かえで》、七竈《ななかまど》などの紅《こう》葉樹《ようじゅ》が熟し出して、赤、黄、紅色と目に眩《まぶ》しいばかりの美しさだった。

「これほど見事な紅葉《こうよう》は久し振りに見るのう」

後ろの方で、侍のひとりが感嘆《かんたん》まじりに言った。だが、その言葉に沿って辺りをじっくりと見回す訳でもなく、どことなく硬《かた》い態度である。いや、その侍だけではなく、他の六人も矢張り何となく硬い様子は同じであった。なかでも、二番手に位置した背丈のあるがっしりとした体つきの侍は、如何《いか》にも何かに備える感じで左手の指三本を刀の柄に乗せている。しかも背中には、筵《むしろ》で巻いた物を、襷《たすき》掛《が》けの紐《ひも》で背負《せお》っていた。〝筵巻《むしろまき》〟のその外見は中身を容易《たやす》くは想像させなかったが、長さ二尺五寸ほどの角柱《かくちゅう》を筵で巻いたような感じではあった。

「気を抜くなよ、涼之助《りようのすけ》」

背中に筵巻の物を背負っている侍が前を向いたまま言い、紅葉に感嘆した侍か。


が「もちろん……」と、即座に応じた。

「気を抜くなよ……」とは、一行に油断できない何事かが迫りつつあるのであろうか。それとも単に旅の途中での気持の引き締めを言っているのであろうか。

いずれにしろ、安穏《あんのん》たる雰囲気の侍たちではなかった。

と、一行を先導する老爺が歩みを緩め、そして立ち止まって振り返ると丁寧に一礼をしてみせた。その表情には、先ず視線を合わせる相手、侍たちの先頭に立っている者への敬《うやま》いを確《しっか》りと拵《こしら》えている。

「あれに見えて参りました鳥居《とりい》を潜《くぐ》って登ることになります。足元があまり宜《よろ》しくない坂道でございますが、矢張り参られまするか」

相手を気遣った穏やかな優《やさ》しい響きの声音《こわね》で訊《たず》ねた老爺が、自分の背中の方角を指差してみせた。が、上体をその方へ捩《ねじ》るような事はせずに、近付いてくる侍のために微《かす》かに口元に笑みを浮かべて目を細めている。

その侍は老爺の前までやって来ると、声には出さなかったが「うん」といった調子で頷いてみせた。塗一文字笠を前下げ気味に深めにかぶっている顔は、おそらく年若いのであろう。頷き様《よう》に、切れ、があってどことなく凛凛《りり》しい。が、肩を力ませているという風《ふう》でもなく、むしろ旅羽織に野袴というその姿は両刀を腰に帯びた武士としては、どことのう華奢《きやしゃ》に見えた。他《ほか》の侍たちよりは。

老爺が誰にという訳でもない控えめな口調で、侍たちに向かって告げた。

「それでは只今から、御覧のように全山が炎《ひ》のように紅葉《こうよう》しておりまする中へと、入って参ります。これほど紅葉《こうよう》しておりまするると、たとえば朱色《しゅいろ》の衣装《いしょう》で身を包んで近付いてくる者の姿は、目に留まり難《にく》うございます。恐れいりますが、いつ何時《なんどき》に生じるか知れぬ事に備えて、刀の柄袋《つかぶくろ》はお取り下されませ」

老爺のその言葉が皆まで終わらぬ内に、侍たちは刀の柄袋を手早く取り除いていた。

一行は山肌に沿うかたちで少し先、通りの左側に見えている鳥居を目指した。

鳥居はさほど大きくはなく、紅葉《こうよう》の中をその奥へと延びている坂道の、急な勾配《こうばい》が侍たちの誰の目にも認められた。

通りの右手には鈴《すず》のような乾いた音を立てている清い流れがあって、つい先程その流れを「飛鳥川《あすかがわ》でございます」と、老爺から教えられた侍たちである。川底の小石の輝きや群れる小さな魚影までをもくっきりと見せている飛鳥川《あすかがわ》の水辺では一面、秋の七草の一つ薄《すすき》がやわらかな風にそよいでいた。その薄《すすき》と棲《す》み分けるかのようにして群生《ぐんせい》している赤い花は、「大和国《やまとのくに》の秋はこの花で始まる」と土地の人たちに言われている彼岸花《ひがんばな》だった。

清い流れの向こう岸——狭い河原——を埋め尽くしているのは、しかし薄《すすき》でも彼岸花でもなく、萩《はぎ》である。

更にその向こうの広大な林は楓、七竈、霞桜《かすみざくら》、橅《ぶな》などがそれぞれに特徴を出し合って葉の色を競い合い、まさに錦繍《きんしゅう》の秋を織りなす自然の醍醐味《だいごみ》だった。

先に立つ老爺が鳥居を潜ったところで、列《れつ》の中程《なかほど》にいた侍がまたしても「それにしても美しい紅葉《こうよう》じゃ。美し過ぎる」と小声を漏らして嘆息《たんそく》し、〝筵巻〟を背負った件《くだん》の侍が、「涼之助にも言うたであろう。気を散らすでない、小矢《こや》太《た》」と低く鋭い声を発した。視線は前に向けたままだ。

列の中程の侍が「はい」と返して、一行は朱色に炎《も》え上がった山道へと上っていった。

幾重《いくえ》にも絡み合うようにして重なった枝枝の彼方には、青く澄み渡った空が覗《のぞ》いて見え、その空から放たれたやわらかな秋の日差しがたちまち無数の木漏《こも》れ日《び》となって、侍たちに降り注いだ。

先に立つ老爺が振り返ることなく、よく通る声で言った。

「これほど紅葉《こうよう》が美しい時季《とき》の大和国《やまとのくに》の秋は、朝夕などかなり底冷えが厳しいものでございますが、今年は江戸より大事なお客様が訪れますることを、山も森も川もそして空までもが承知しておりまするのか、このように心地《ここち》良い春のような暖かさを拵《こしら》えてくれております」

最後に「はい」と付け足して言葉を締《し》め括《くく》った老爺であった。

侍たちは一言も発することなく、急勾配の山道を登り続けた。

どれくらい登った頃であろうか、いよいよ木立《こだち》が深まりを増して枝枝の向こうに青空が窺《うかが》え難《にく》くなりかけたとき、一行の前方で数枚の団扇《うちわ》を一斉に叩き鳴らしたかのような大きな音が響きわたった。

侍たちが一人を残してそれこそ揃《そろ》って反射的に、刀の柄に右の手をやり腰を下げて身構えた。

その一斉の身構えに加わらなかったのは、先に立つ老爺の直ぐ二、三間《げん》後ろに続いていた、どことなく華奢に見える侍である。

「雉《きじ》の夫婦などが我我の気配に驚いて飛び立ったのでございましょう。この甘《あま》樫山《かしのおか》（甘樫丘とも）には沢山《たくさん》の雉が棲《す》んでおりまするから」

老爺が前へと進みながら、顔を小さく振り向かせ歯を見せて笑った。

侍たちの右の手が刀の柄から離れて、一度だけだが鍔鳴《つばな》りがした。

誰かが鯉口《こいぐち》を切っていたようである。手練《しゅれん》の妙とでもいうのであろうか。

「大丈夫でございます」

老爺はそう告げながら姿勢を戻し、侍たちも再び歩み出した。

〝筵巻〟を背負う背丈に恵まれた侍だけが、それが癖《くせ》だと言わんばかりに左手の指三本を、またしても刀の柄に残している。目つきはかなり険しい。

老爺が前を向いたまま言った。

「これから先、山肌に目を注意深く凝《こ》らしまするると、木立《こだち》の間《あいだあいだ》間にそれはそれは古い巨木の切《き》り株《かぶ》が数え切れぬ程に見えて参ります。古い、と申しましたがそれは千年を超える歳月を耐え抜いてきましても未《いま》だ朽ち果てることもなく、かと申して新芽《しんめ》を吹き出させることもなく……」

「その巨木の切り株は、つまり切り株のまま千年を超える歳月を枯れることもなく生き抜いてきたと申すのだな」

侍の誰かが即座に問い返し、老爺は今度は立ち止まって振り返った。

「左様でございます。この山道の直ぐ脇にも幾本かの大きな切り株が間《ま》もなく見えて参りましょうから、目に留まりましたらよく御覧になって下さい。切り株の面《つら》(切り口)が千年を超える年月《ねんげつ》を耐えてきたとは思えぬほどに艶《つや》やかでございますから……まるで半月ほど前にでも切られたかのような艶やかさでございます」

「それはまた不思議よのう」

「はい。本当に……」

そこで老爺と侍との遣《や》り取《と》りが終わったことで、やや苛立《いらだ》ちの顔つきで目つき鋭く辺りを検《み》まわしていた〝筵巻《むしろまき》〟を背負った侍が、ほっと表情を緩め、ようやく刀の柄から左手の指三本を下ろした。他の侍たちに比べて、明らかに周囲《まわり》への警戒振りが際立《きわだ》っている。

もしや、背負っている〝筵巻〟は、侍たち一行にとって相当に重要な物であるのだろうか。

一行はまた黙黙として語り合うこともなく坂道を進んでいった。錦繍を織りなす美しい山の中を、一体何処《どこ》へ向かおうとしているのであろう。

老爺が言ったように、間《ま》もなく山道の直ぐ脇に巨大な切り株が次次と目に留まり出したが、何故か侍たちが関心を示すことはなかった。千年を超える昔、それらの巨木が何の目的で伐採《ばっさい》されたのかを、ひょっとすると知っているか想像できているかのような淡淡とした無関心さだ。

「別にもう一つ勾配のやさしい『本道《ほんどう》』と呼ばれている登り道もあるのでございますが、それだと山を、九十九《つづら》に縫《ぬ》うようにして登らねばならず登り切るのにかなりの刻《とき》を必要と致します。いま登って戴いておりますこの山道はきつうございますが、九十九《つづら》折りの『本道』に比べまして随分と早くに登り切ることが出来まする。もう間《ま》もなくでございますから」

老爺が前を向いたまま足を止めることも歩みを緩めることもなく言った。歩き馴れている山道なのであろう。白髪《しらが》の目立つ小柄な体つきであるというのにほとんど呼吸《いき》も喋《しゃべ》り調子も乱していない。

老爺のその言葉に、侍たちの返事や反応はなかった。そろそろ脚腰《あしこし》に疲れが出はじめているのであろうか。どの侍の姿勢もそれまでよりは頭が下がって腰の曲げ様《よう》がやや深くなっている。

ただ侍たちは揃って相当に武術の鍛練を積み重ねているらしく、老爺と比べ見劣りする程には呼吸《いき》の乱れなどはない。体つきがどことなく華奢な印象の侍にしても他の六名の侍たちと同様であった。足の進め具合にも、体全体が窺《うかが》わせている気力にも全くといってよいほど見劣りは無い。

強《し》いて言えば、その華奢な印象の体を労《いたわ》るかのような上手《じょうず》な登り調子は終始変わらず、その登り調子に他の六名の侍たちが合わせているかのように見える、あるいは庇《かば》っているかのように見える、という事であろうか。

四半刻《しはんとき》ほどが更に経った頃である。一番前を行く老爺が「お疲れ様でございます。着きましてございます」と大きな声で告げて足を止め振り返り、縦列《じゅうれつ》を組む七名の侍たちは下げ気味だった頭を急ぎを見せる様子《ようす》なくそれぞれ上げていった。

錦繍を織りなしていた極彩色《ごくさいしき》の森が坂道の上で大きく口を開き、眩しい陽《ひ》の光が侍たちに降りかかった。

「私の足元にあります石段は千年を超える歳月を経てきております。風雪《ふうせつ》に耐《た》えて角が丸くなっておりますから、御御足《おみあし》を滑らさぬようお気を付け下さい」

そう言いながら老爺は自分の足元を指差してみせた。三段の石段であった。ほぼ山道の幅いっぱいにあるところを見ると、石段の横幅は七尺に少し足りぬというあたりか。

「さ、どうぞ……」

老爺は体を横に開くかたちで、山道の際《きわ》へと寄り、見るからに人の善《よ》さそうな笑顔《えがお》で侍たちを促《うなが》した。

侍たちは縦列のそれぞれの間をいささかも乱すことなく、老爺の面前を石段を上がりつつ過ぎて、陽の光が眩しくあふれる中へ招かれた者のように入っていった。

「おうっ」

侍たちを待ち構えていたのは、それぞれの口から迸《ほとばし》り出た、しかし気持の高ぶりを明らかに抑《おさ》えた感動の低い叫びである。

そこは樹木が綺麗に伐採され平《たいら》に均《なら》された、薄《すすき》の花穂が群生する甘樫山《あまかしのおか》の頂《いただき》であった。

侍たちの目の前——とくに眼下——に広がっているのは、妨《さまた》げる物ひとつ無い雄大で美しい大和国《やまとのくに》の田園風景だった。単に雄大で美しいだけではない。圧倒的な重くて深い劇的な歴史の数数を秘めてきた、民族の遺産とも言うべき田園の風景だった。

侍たちは無言のまま見とれた。身じろぎ一つしない。

老爺がゆったりとした足取りで侍たちの背後から進み出て、体つきが華奢な印象の侍と肩を並べた。

八人の目の前彼方には、左手（西）の方角から右手（東）の方角にかけて、それこそ古い神秘の歴史に包まれているかのような、なだらかな姿のさして高くない山が、如何にも意味あり気な間を隔《へだ》てて三山並んでいた。

「あれが昔から……」

と、老爺がその三山を左から一つ一つ指差していった。

「世に大和三山《やまとさんざん》とうたわれて参りましたここ飛鳥《あすか》の象徴、畝傍山《うねびやま》、耳成山《みみなしやま》、そして天香久山《あまのかぐやま》でございます」

「おお、あれが名にし負う大和三山か。実に優美な姿よのう」

老爺の言葉に、そう応じたのは〝筵巻〟を背負った侍だったが、他の侍たちも深深と頷いてみせた。

華奢な印象の侍ひとりだけが、まるで神祇《じんぎ》の精霊《せいれい》にでも打たれたかのように黙然《もくねん》と立ち尽くしている。

と、このとき一陣《いちじん》の風が甘樫山《あまかしのおか》の頂を叩き過ぎるようにして吹き抜け、薄《すすき》の花穂が激しく靡《なび》いて「ザァッ」という大きな音が天空を覆った。

それは甘樫山《あまかしのおか》全体が一つの意思を発したかと思われる程の音鳴《おとな》りで、足元の地肌から天に向かって噴《ふ》き上がる獣《けもの》の唸りのようでもあった。

六名の侍たちが、華奢な印象の侍を護《まも》ろうとしてか、瞬時に背を向けて扇状に散り、抜刀の身構えを取った。チリッという微かに鯉口を切る音。

まさに阿吽《あうん》の呼吸。

さすがに老爺が不安そうに眉を顰《ひそ》め、周囲《あたり》を見まわした。

「大丈夫です義助《ぎすけ》。甘樫山《あまかしのおか》が遠く江戸から訪れた私共《わたくしども》を歓迎してくれているのです。私《わたくし》には判ります。皆の者も心配はいらぬ」

華奢な印象の侍がはじめて言葉を穏やかに口に出し、老爺の名を義助と称した。

侍の身形には余りにも不似合いな、澄んだ涼しい声音《こわね》であった。その言葉調子の物静かな抑揚《よくよう》の美しさは誰が聞いても、華奢な印象の侍が生半《なまなか》でない教養を身に付けた、気位《きぐらい》高い家格の者であることを窺わせた。

けれども矢張り、二本差しの侍には不自然な澄んで綺麗過ぎる声ではあった。

「さ、皆の者。身構えを解《と》いて、雅《みやび》な大和三山へ視線をお戻しなされ」

華奢な印象の侍が、大和三山へ向けた姿勢をいささかも変えず、まだ抜刀の身構えを崩さない背後の侍たちに、やわらかく優しい調子で告げた。命令調子でないその言葉が、かえって身構えを崩さぬ侍たちを「配下の者」と判らせた。

乾いたはっきりとした鍔鳴《つばな》りが二つ三つあって、肩からようやく力を抜いたと判る侍たち六名が、華奢な印象の侍と老爺義助を後方から護るかのようにして横に一列となって並んだ。しかし、うち三、四人はまだ周囲《まわり》が気になると見えて見まわしている。油断をしていない。

一陣の風はすでに頂を吹き抜けて、薄の花穂は何事もなかったかの如くである。

「あそこに白く光っております二つの水面《みなも》でございますが……」

と、義助が思い出したかのように、彼方を指差してみせた。

「いま漣《さざなみ》が立って水面が小さく乱れたかに見えます手前の方が和田《わだ》池、低い木立の林を挟んだその向こうが剣池《つるぎのいけ》でございます」

「剣池と申せば確か、その畔《ほとり》に孝元天皇《こうげんてんのう》陵が在《あ》ったのではありませぬか」

「さすがによく学ばれていらっしゃいます。ここ飛鳥は天皇陵や古墳の多いところ。ここで生まれ育ち、長く曽雅《そが》家に仕《つか》えて参りました私でさえ、その一つ一つの歴史的経緯につきましては、正しく覚え切れませぬ」

「義助でものう。それだけ大和の国の歴史が奥深いということでしょう。私《わたくし》も江戸を発《た》つまでに努めて学びは致しましたが、まだまだ道半ばです。ところで義助、これより訪ねまする我が母の生家《さと》曽雅家は、どの辺りに屋敷を構えているのか教えて下され」

「はい。曽雅家の場所は……」

彼方を指差す義助の指先が小さな迷いを見せて宙を泳いだあと直ぐに動きを止めた。

曽雅、の名を聞いたからであろうか、先《ま》ず武練《ぶれん》の士を思わせる六名の侍たちが申し合わせたように、前下げ気味にかぶっていた塗一文字笠を手早く取った。

いずれも気根気魄《きはく》満ちた若若しい顔が現われた。最年長かと覚《おぼ》しき〝筵巻〟を背負った侍で、三十前後に見えるかどうか、である。

六名の侍たちは、義助の指先に視線を注いで直立不動に近い姿勢であった。

これはもう間違いなく「曽雅」の家名に対する敬いの表われである。

続いて、華奢な印象の侍が、ゆっくりと落ち着いた動きを見せて塗一文字笠を取った。

もしこの場に一行《いっこう》と関わりない第三者が居たとしたなら、それは大きな衝撃を受けた一瞬であったに違いない。

その侍は「男」としてはとても頷けない程の、眉目秀麗《びもくしゅうれい》な気品ある面立《おもだ》ちであった。年齢《とし》は二十歳《はたち》前後といったところか。「男装の佳人《かじん》」と表現したくらいではまだ不足な、やさしさが際立った息をのむ美しさである。

義助が七人の塗一文字笠を「私がお預かり致します」と、次次と受け取ってまわり、袖から取り出した細紐で手早く器用に括《くく》って背負った。慣《な》れた手つきだ。

その義助が言った。

「御覧なされませ美雪《みゆき》様。あの畝傍山の左手裾野《すその》を。深い森に隠されてはいまするが微かに白く輝く水面《みなも》が認められましょう」

義助が遂に「男装の佳人」を美雪様と口にした。その名からしてやはり女性であったのだ。

「ええ、確かに……」

「深田《ふかた》池と申しまして、その池のすぐ南側には厩戸皇子《うまやどのみこ》の弟《おとうと》君来目皇子《ぎみくめのみこ》の建立《こんりゅう》と伝えられまする久米寺《くめでら》がございます。曽雅家の御屋敷は深田池と久米寺に挟まれたちょうどその中程の辺り。ですが森が深く、さすがに此処《ここ》から曽雅家の御屋敷は見えませぬ」

「見えずとも、あの辺りに亡き母の生家《さと》が在《あ》るのだと判ると、心が弾みますよ義助」

「御屋敷の皆様も美雪様の御到着をまだかまだかと、きっとお待ちかねでございましょう。それに途中で私共一行と別れ、美雪様の飛鳥入りを知らせるため先に曽雅家へ向かった御女中佳奈《かな》様、芳乃《よしの》様、留伊《るい》様のお三人は、すでに御屋敷に着いている頃でございます」

「佳奈たち三人にも、この甘樫山《あまかしのおか》からの心なごむ美しい田園の景色を、見せてやりたかったですね義助」

美雪が亡き母のまだ見たことのない生家《さと》が在る辺りへ視線を向けたまま言ったとき、背後に控えていた侍の一人——中肉中背の——が「おそれながら

「……」と遠慮がちに一歩進み出た。

「ん？」

と、美雪がゆっくりと振り返って、いかにも涼し気という他《ほか》ない眼差《まなざ》しで相手を見つめた。

見つめられてその侍が、思わずであろうか頰を朱に染めてしまった。

自分でも頰が赤くなってしまったと判ったのであろう、その侍の表情が小さくうろたえる。

「いかがしました。小矢太」

「はい。義助がいま申しました厩戸皇子《うまやどのみこ》（五七四年〜六二二年）が、その没後、徳行優れし身分高き人への諡《おくりな》として『聖徳太子』と称されておりますることは存じていますが、来目皇子《くめのみこ》につきましては、誠に恥ずかしながら、私の知識から漏れておりまする。何卒《なにとぞ》お教え下さりませ」

「小矢太。なにも恥ずかしいと思うことはありませぬ。日本の国造りの礎《いしずえ》でもある大和国《やまとのくに》の歴史は余りにも奥が深くて遠大。江戸の『史学館』で学んだ私《わたくし》の知識とて、勉学熱心な小矢太とどれ程の違いがありましょう。しかも大和国《やまとのくに》の歴史は多くの研究者の努力によって新しい史実が次次と見つかっており、そのたびに歴史は塗り替えられているのですよ」

「は、はあ。それはその通りでございまするが……」

「義助。私《わたくし》の知識では心許無《こころもとな》い。誤ったことを小矢太に伝えてはなりませぬゆえ、来目皇子《くめのみこ》について義助から小矢太に詳しく教えてやって下さい。私《わたくし》も横で聞かせて戴きましょう」

「承知致しましてございます」

美雪と肩を並べる義助が小矢太と目を合わせて微笑《ほほえ》みながら頷いたときであった。

またしても突如《とつじょ》である。強い風が甘樫山《あまかしのおか》に吹き付けて薄の花穂が大きなざわめきを発し、山肌《やまはだ》を埋め尽くす紅葉樹が、赤、紅、黄、橙など色とりどりな秋の葉を天空に向かって勢いよく噴き上げた。

それは頂に立つ美雪たち一行の足元から意思あるものの如く音を立てて舞い上がる激しさで、中空に幾つもの渦《うず》を拵《こしら》えながら空の彼方へと吸い上げられていった。

まるで無数の小蝶が戯《たわむ》れるかのようにして。

だがしかし六名の侍たちには、それに目を奪われている余裕はなかった。

美雪と義助に背を向けるや、それこそ一糸《いっし》乱れることのない見事な呼吸合わせで腰を薄の中へ浅く沈め、抜刀の身構《みがま》えとなった。

誰もがこのとき、強風が吹き去りさえすれば先程と同じように穏やかさが戻るであろう、と考えていた。

考えてはいたが刀の柄に手をやる侍たちの抜刀の身構えには、寸分《すんぶん》の油断もない。

と、ざわめき揺れる薄の舞台から湧《わ》き上がるかのようにして人ひとりが姿を現わした。

六名の侍たちの間に衝撃が走った。双方の間は凡《およ》そ七、八間《けん》。

無言のまま現われた相手は、紫檀色《したんいろ》（赤みを帯びた濃い紫色）の忍び装束としか見えないもので全身を包み、しかも頭巾《ずきん》の目窓は薄気味悪いほど細く切れ、腕組をして仁王立《におうだ》ちであった。否、大小刀を帯びた腰から下は刀の柄二本を残して揺れ騒ぐ薄の下に隠され六名の侍たちには見えない。けれども昂然《こうぜん》たる腕組の態《てい》は充分以上に仁王立ちを思わせた。

「何奴《なにやつ》か」

小矢太が刀の柄に手をかけたまま相手に二歩迫って声荒荒しく誰何《すいか》し、今まさに抜刀するかのような炎《ひ》の形相《ぎょうそう》となる。

ところが吹きつけていた強風がぴたりと止《や》んだ。甘樫山《あまかしのおか》がたちまち静寂に呑《の》み込まれていく。

「名乗れい」

小矢太が更に小幅に三歩相手に迫っていよいよ半抜刀《はんばっとう》の身構えとなった。

しかし、一行《いっこう》が予想だにしていなかったこの異常な事態は、一層のこと急激な膨らみをみせた。

鳴りを静めて群生する薄の其処彼処《そこかしこ》から次次と、一人また一人と紫檀色の仁王立ちが立ち現われたのだ。

その数、総勢十五名。

「おのれ。我ら一行の身分素姓を知った上での振舞か」

〝筵巻〟を背負った侍が、ぐいと眦《まなじり》を吊り上げて音吐朗朗《おんとろうろう》たる威嚇《いかく》の大声を発し、薄の中をずかずかと進み出るや半抜刀で身構える小矢太と肩を並べた。

一触即発の光景であった。

すると、最初に現われた紫檀色の仁王立ちが、奇妙な動きを取った。左腕を真っ直ぐに雲一つ無い秋の空に向かって突き上げたかと思うと、親指と人差し指の二本だけを開いてVの形を作ってみせたのだ。

それに対応するかのような、配下らしき十四名の仁王立ちの変化は薄の中鮮《あざ》やかに速かった。

美雪たち一行をそれこそ一瞬のうち半円状に包囲し、揃ってくるりと背中を向けるや抜刀したのである。その速さ鮮やかさは明らかに尋常《じんじょう》を超えていた。余りのその速さに引導《いんどう》されるかのようにして、〝筵巻〟を背負った侍ほか五名もほとんど反射的に抜刀していた。義助までがひと呼吸遅れではあったが思わず腰に帯びる短刀(道中差)に手を。

美雪は配下の十四名を寸微《すんび》の間に動かしてみせ左腕を下ろした紫檀色の相手を、じっと見守っていた。「幕閣三臣《ばつかくさんしん》」の一《ひとつ》、大番頭《おおばんがしら》七千石大身《たいしん》旗本西条家《さいじょうけ》の厳しい家法の中で育った者として、恐怖の情を見苦しく表に露《あらわ》とさせてはならぬ、と自分を律しながら。

けれども日《ひ》の本《もと》の女性《にょしょう》には余り見られない彫《ほ》りの深いその美しい表情に、相手に対するおののきが無いと言えば嘘となる。

美雪のそのおののきに辛《かろ》うじて安堵《あんど》を与えたのは、頭《かしら》らしき人物を除いた十四名が背中を向け「見えぬ何か」に対し抜刀し身構えてくれた事であった。

美雪は十四名のその半円状の陣構えを、若《も》しや我ら一行を護《まも》ろうとする為のものであろうか、と理解しかけた。

美雪は胸の内でざわめく不安を抑《おさ》えつつ、左手を刀の柄に触れて、頭らしき紫檀色の相手へと薄の中を静かに歩み寄った。

「先ほど我が家臣が、我ら一行の身分素姓を知った上での振舞か、と訊ねました。速やかにそれにお答えなされませ」

詰問《きつもん》調子では決してない、仄《ほの》かな感じで口にした物静かな美雪の言葉であった。

「恐れながら……」

なんと相手は即座に反応した。野太い男らしい声である。

「美雪様におかれましては、いま立っていなさいます御足元《おあしもと》、つまり頂《いただき》一帯に千年を超える昔、御先祖家がこの甘樫山《あまかしのおか》の巨木を用いて豪邸《ごうてい》をお建てなされたことは御存知でございまするな」

美雪はもとより六名の家臣と義助の間に大きな驚きが走った。聞き間違いではなかった。まぎれもなく紫檀色の相手は「美雪様……」と、はっきり口に出した。

「この甘樫山《あまかしのおか》に、亡き母の御先祖家の御屋敷があったことは学び知っております。この頂《いただき》一帯に密生する薄を掻《か》き分《わ》ければ、千年を超える歴史を刻んだ礎石《そせき》が……柱の礎石が今もなお容易に目にすることが出来ますることも……」

「ならば、直ぐさまこの場よりお離れなされませ」

「それは何を意味しての進言でありまするのか」

それまで物静かであった美雪の口調が、ここでやや厳しさをみせた。

「美雪様。過ぐる昔この頂《いただき》に豪壮この上なき屋敷を構えておりましたる母上様の御先祖家が、皇極天皇《こうぎよくてんのう》の御世《みよ》の四年（六四五）六月、権力闘争に敗れて中臣鎌足《なかとみのかまたり》（六一四〜六六九）、中大兄皇子《なかのおおえのおうじ》（六二六〜六七一）らに滅ぼされたことは、御おりますることも」

「むろん知っております。本宗家《ほんそうけ》が敗れしその争いが『乙巳《いっし》の変《へん》』と呼ばれて

存知でございましょうな」

「では、その本宗家つまり御先祖家の政治権力が極みに達していた『乙巳の変』勃発の数十年前、仏教崇拝《すうはい》派の御先祖家が、廃仏《はいぶつ》派の物部守屋《もののべのもりや》とその一族を河内《かわち》の阿都《あと》（現在の大阪・八尾《やお》市）に攻め滅《せ》ぼしたることも、学び知っておられまするな」

「はい」

と頷きながら美雪は背に薄ら寒いものを覚えた。かつて味わったことのない不吉な感じの薄ら寒さであった。そして（このようなとき、あの御方《おかた》が身傍《みそば》に居て下されたならば、どれほど心強いことであろうか……）と思った。その心細さが今、ひとりの人物を胸の内に想い浮かべさせていた。だがしかし、「遠い江戸で忙しい毎日を送っておられるその御方が、百数十里を離れた大和国《やまとのくに》へ現われて下さる筈もなく、……」と思って美雪の心細さは一層波立つのであった。

「ご承知下されましたな美雪様。今すぐに……」

紫檀色の相手の声が大きくなったので、ほんの僅かの間、我を見失って遠い江戸へ想いを馳《は》せていた美雪は、はっとなって心の内をうろたえさせた。何か早い調子で言ったらしい相手の言葉が、全く耳に入っていなかった。

「もう一度申し上げまするぞ。お宜しいか」

相手に三歩詰め寄られて、美雪は声を返せず黙って偉丈夫《いじょうふ》の相手を見つめた。

「美雪様の母上様の御先祖家は、崇仏《すうぶつ》・廃仏《はいぶつ》争いの結果として物部守屋《もののべのもりや》とその一族を滅ぼしたのではありませぬ。双方の争いは、そのような単純な『私的闘争』によるものではありませなんだ。御存知でござりましたか」

「いいえ。崇仏・廃仏争いの結果として千年を超える昔、物部守屋《もののべのもりや》とその一族は滅びたのである、と江戸の『史学館』で学んでおりまする」

「事実を申し上げましょう。これを忘れてはなりませぬ。双方の間には激烈な王位継承争い、つまり凄《すさ》まじい権力闘争がございました。御先祖家が擁立《ようりつ》せんとした王位継承者の勢力と、物部守屋《もののべのもりや》が立てんとした王位継承者の勢力とが真っ向から激突したのでございまする」

「まあ……」

「このような王位継承争いでは、とくに敗者側は名族の多くが滅び、あるいは壊滅的打撃を受けて世の表舞台から去り隠棲《いんせい》してゆきまする。あとに残るはただ、おどろおどろしい怨念《おんねん》のみ……」

「怨念……でございまするか」

「左様。御先祖家の豪壮なる邸宅がございましたこの甘樫山《あまかしのおか》こそ、権力闘争に敗れし者の怨念が千年の眠りから本格的に目覚《めざ》めるに最もふさわしい場所、と我我は見ておりまする」

「いま我我、と申されましたが、私《わたくし》の名を知る其方《そなた》たちは一体何者です。素姓をお明かしなされませ」

「今それについて長長と話している余裕などはありませぬ。恐るべき怨念の力《りき》みが千年の眠りから目覚めんとする湿《しめ》った予兆《よちょう》を、我我はすでにこの『崇高《すうこう》の美が満ちたる大和国《やまとのくに》』の各所で捉えておりまする。そしてそれは、足音を殺してこの甘樫山《あまかしのおか》に迫りつつあると思われまする。急ぎこの場より退去なされまするように。急ぎです美雪様」

「どの道より退去せよと仰《おつしや》いまするのか」

義助が幾分、憤然とした目つきで、しかし言葉穏やかに訊ねた。

「九十九《つづら》折りの勾配が穏やかな『本道』を下りて御先祖家へお急ぎなされ。これより南方向へ半町ほどの辺りに下り口がある『本道』は、道幅広くまた灌木《かんぼく》が多いため御一行の姿は人の目に留まり易《やす》いもののそのぶん我らも間を空《あ》けず密かに潜行でき易《やす》うございまする」

紫檀色の頭《かしら》は義助ではなく、美雪と目を合わせながら丁重《ていちよう》な響きの喋《しやべ》り様《よう》で言った。頭巾《ずきん》の細く切れた目窓から覗く二つの目には、まぎれもなく美雪に対する敬《うやま》いの色がはっきりと見て取れる。

「私共一行に、姿を隠して密かに同行下さるというのですか」

「はい。御一行が無事、御先祖家の私有地内にお入りなさるのを、見届けさせて戴きます。ただ、それ以降につきましては、我らは我らなりの御役目を少なからず抱えておりまするとから、こうしてお目にかかることは叶《かな》いませぬ。どうかご一行御自身の充分なる御注意力にて行動なされまするように」

「承《うけたまわ》りました。では……」

と、美雪は〝筵巻〟を背負う侍へ視線を向けた。

「忠寛《ただひろ》。坂を下りまするぞ」

「判りました」

忠寛なる侍が深深と頷いた。

「皆もくれぐれも油断なきよう。途中で何事が生じるか判りませぬから」

美雪の言葉に、忠寛を加えた家臣たち六名が揃って「はっ」と力強く応答する。まぎれもなく練士の応答だった。

その応答を待っていたかのようにして、紫檀色の十五名が薄の中を動き出し、たちまちにしてその姿を消し去った。

「行くぞ」

〝筵巻〟の侍、忠寛が号令を鋭く発し、六名の侍たちと義助は美雪を中に囲むようにして、『本道』の下り口を目指《めざ》した。

浮雲ひとつない快晴の秋空に、秋雷《しゅうらい》が低く長く轟《とどろ》いた。

二

「ご覧なされませ美雪様。母上様がお生まれになられました曽雅家でございまする」

四方に枝を張った大きな一本松の角を左へ折れたところで、義助が歩みを緩めながら右手方向を指差した。

「まあ……あれが母上の生家《さと》……ご自分の生い立ちについては、お話し下さることの少ない母上でしたけれど、父上からは『大和国《やまとのくに》では歴史を積み重ねてきた屈指の名族』とたびたび聞かされておりました。それにしても、なんと立派な御屋敷でありますることか」

「築三百年近くを経ておりまする大庄屋の屋敷としては桁違《けたちが》いな造り構えでございます」

「なんと、築三百年近くとな……」

「はい。御屋敷内へ入られましたなら、更に驚かれましょう」

「なれど義助。如何に歴史を積み重ねて参った名族とは申せ、あれほどの御屋敷を大庄屋の住居《すまい》とし続けるについて、京都所司代御支配下にある奈良奉行所より注意忠告といったものは無かったのであろうか。ましてや大和国《やまとのくに》は『天領《てんりょう》』という言葉を決して忘れてはならぬ土地柄」

「確かに『天領』という言葉を忘れてはならぬ土地柄です。なれど大丈夫でございまする美雪様。さ、御御足《おみあし》を急がせましょう。すでにこの辺りから曽雅家の私有地に入っております。御屋敷の皆様が今か今かとお待ち兼ねでございましょう」

「曽雅家の私有地というのは、どれほどの広さがあるのですか義助」

「さあ……私のような下下の者には、とうてい判りかねる大変な広さでございます。ともかく急ぎましょう美雪様」

促されて美雪は黙って頷いた。

美雪が言葉に出した「天領」とは徳川《とくがわ》直轄領を指している。幕府領というよりは、徳川将軍家の領地と考える方が正しい。

今の四代様《よんだいさま》（四代将軍徳川家綱《いえつな》）の時代、『天領』は北国《ほっこく》、奥羽《おうう》、関東《かんとう》、東海《とうかい》、畿《き》内《ない》、中国《ちゅうごく》、西国《さいごく》の広範囲に及び、その総石高《こくだか》は四百数十万石《ごく》に達していた。うち畿内の『天領』は大和《やまと》、山城《やましろ》、摂津《せっつ》、河内《かわち》、和泉《いずみ》、近江《おうみ》、丹波《たんば》、播磨《はりま》、の国国に及び、その総石高は優《ゆう》に七十万石を超えている。

一行は、曽雅家を目指して急いだが、美雪の二、三歩後ろに従っていた〝筵巻〟の忠寛が、辺りを見まわしながら一気に美雪の左側に近付いて肩を並べ、顔を顰《しか》めて囁《ささや》いた。

「美雪様。例の十五名の気配が消えておりまする」

「え？　私《わたくし》には判りませなんだが、忠寛はいつ気付いたのですか」

前を向いたまま、歩みを緩めることもなく美雪が穏やかな口調で訊ねた。

「は、はあ。申し訳ございませぬ。たった今《いま》し方《がた》……」

「義助は？」

美雪は自分の右側で少し間を空けて肩を並べてくれている小柄な義助を見た。肩を並べてくれている、とは言っても微妙に位置を退《さ》げて従っている義助に、美雪は老爺らしい忠義を感じ取っていた。曽雅家は実に良い下僕頭に恵まれている、とも思った。

「私も全く気付きませんでした。いま忠寛様が仰《おつしや》ったのを聞きまして、あっ、私有地に入ったからか成程《なるほど》と……曽雅家まではこの通り百姓たちの往き来がある見通しの利く一本道でございますし、陽《ひ》は西に傾き出したものの空はまだ明るいですから十五名は、もう大丈夫、と判断したのではありますまいか」

「そうかも知れませぬね。もう少し急ぎましょうか義助」

そう言った美雪であったが、べつだん歩みを速めるでもなかった。胸の内では紫檀色の十五名についてあれこれと推測を巡らせ、その一方で切れ長な二重《ふたえ》の澄んだ目は、眼前に広がる木立《こだち》深い畝傍山《うねびやま》や深田池、西陽色《にしびいろ》に濃く染まり出した田畑、そしてその田畑で忙し気に動いている百姓たちなど、優雅《ゆうが》な「大和《やまと》絵《え》」のような景色に見とれていた。

畝傍山は大和三山《やまとさんざん》の中でその高さ凡《およ》そ六十六丈《じょう》と最も高い。麓《ふもと》を含むその山体《さんたい》は大小多数の美しい池と五つ以上を数える寺社、そして複数の陵墓（天皇の墓）を擁し、神話的な霊山として大和の人人に崇《あが》められてきた。

なかでも、神木鬱蒼《しんぼくうつそう》の感が深い東南麓には、神武天皇《じんむてんのう》（在位七十六年、寿百二十七歳で崩御《ほうぎょ》）が開いた「橿原宮《かしはらのみや》」が在《あ》った、と伝えられている（現在の橿原神宮付近）。

天武天皇《てんむてんのう》（在位六七三〜六八六）の御世《みよ》（時代）に開始された国史編纂《こくしへんさん》事業は、「平城京《へいぜいきよう》」を皇都として律令《りつりよう》政治が最もよく行なわれた「奈良時代」に入り、いわゆる記紀《きき》として（「古事記」「日本書紀」のこと）完成をみた。この記紀系譜上における初代天皇こそが神武天皇とされている（但し神話的人物か実在的人物か、学問的には未解決）。

美雪は江戸の「史学館」で学んだそういった事を思い出しながら、目の前のこの上なく優雅な景色に目を奪われ続けた。晴れ渡った秋空の下《もと》、濃くなった西陽の色を浴びながらも、くっきりと見えている景色であるのに、ときおり不思議な霞《かすみ》が薄くかかっているようにも見える。

「義助、畝傍山のあの麓の辺りに、妙に清清《すがすが》しい感じの霞がかかってはおりませぬか」

美雪は白い指で向こうを差し示して囁いた。

「霞はかかってはおりませんが、ときおり曽雅家を訪ねていらっしゃいます名僧の誉《ほま》れ高い飛鳥寺《あすかでら》や橘寺《たちばなでら》の御住職様も『見える……』と仰《おつしや》ることがございますね」

「義助には一度も見えたことがないのですか。私《わたくし》には今も見えておりますよ」

「神霞《かみがすみ》とも言い伝えられてきた清涼この上なきものでございますから、私のように徳の積み足らぬ半端者《はんぱもの》には、見ることは無理でございましょう。美雪様の御心《おこころ》が清く澄み切っておられますから、見えるのですよ。いま指差されました畝傍山の東北に当たる部分には、深い木立に護《まも》られるようにして初代神武天皇の陵墓《りょうぼ》があるのではないかと伝えられております」

「まあ、あの辺りに……それで神霞が？」

「そうかも知れませんね。明日、大神神社《おおみわじんじゃ》への御公儀《ごこうぎ》の御役目《おやくめ》を済まされましたなら、飛鳥《あすか》の里をお巡りなさると宜しいでしょう。先程の紫檀色をした十五名の素姓《すじょう》が心配ではありますが」

「私《わたくし》に同行の六名の者は家臣百三十名の内でも、とくに馬庭念流《まにわねんりゅう》を極めた手練《しゅれん》の者たち。大丈夫です。余程のことがない限りこの機会を捉えて、飛鳥《あすか》の隅を観《み》て回り、日本の国の成り立ちを学びたいと思っています」

「そうですね。そうなさいませ。遠い江戸から大和国《やまとのくに》までとなりますとそう簡単には来《こ》られませんから、この度の機会を大事になされませ」

「ええ。四代様（将軍徳川家綱）も旅立ちの前に私《わたくし》に対しそのように仰《おお》せになりました。美雪よ、日本の成り立ちを大和国《やまとのくに》でしっかりと学んで余《よ》にも教えてほしい、と」

「左様でございましたか……四代様が日本の国の成り立ちを」

義助が目を細めて、二度、三度と頷いてみせた。大和人《やまとびと》ゆえに、うれしいのであろう。豪壮な曽雅邸が次第に七名の向こうに迫ってきつつあった。

「日本」という国号が成立したのは七世紀末のこと、と江戸の「史学館」で学んできた美雪である。

それ以前は「日本」ではなく「倭《わ》」と呼ばれていたことについても、むろん学び知っている。

とくに「倭」の時代の六、七世紀は、仏教が認識され出し、儒教《じゅきょう》（孔子《こうし》精神を礎《いしずえ》とする）や道教《どうきょう》（老《ろう》・荘《そう》思想を原理とする）が窺いをみせ始め、江戸の今に通じる漢字文化も広まり出すなど、いわゆる古代国家の形成に力強く拍車がかかった時代だ。

「この道が飛鳥《あすか》の人人、いえ、大和国《やまとのくに》の人人から親しみを込めて『曽雅《そが》の道《みち》』

と呼ばれております石畳通《いしだたみどお》りです。道幅は十三尺、長さは半町以上もございましょうか」

そう言いながら、義助が視線をやや落とし気味にして、等身大の石灯籠《いしどうろう》の角を右へと折れた。

「まあ、なんと立派な石畳の道でしょう」

美雪は「曽雅の道」へ一歩足を踏み入れたところで、思わず立ち止まってしまった。そのため後ろに従っていた家臣の六名の足も、「曽雅の道」の手前で止まり、十二の目は油断なく、しかし然り気《さげ》なさを装って辺りを見回した。〝筵巻〟を背負う忠寛の左手が、すでに柄袋を取り除いた刀の柄に触れている。

美雪が義助に対し「心強い馬庭念流の手練の者」と告げた六名の家臣の右手か左手にあるべき塗一文字笠は、このときすでに義助の背に移っている。つまり六名の家臣の左右の手は不測の事態に対し自由が利く状態にあった。義助の配慮が生きているのだ。

美雪は綺麗に敷き詰められている石畳の上を、手前から彼方へと見とれるようにしてゆっくりと視線を流していった。

そして、その彫りの深い美しい面《おもて》が、「あ……」と声は立てぬが、小さくうろたえた。

真っ直ぐな「曽雅の道」が尽きる彼方にそれを中心軸として、曽雅屋敷がまるで鳳凰《ほうおう》が羽を広げたかのように瓦葺《かわらぶき》の大屋根を東西に広げていた。まさに「曽雅の道」は巨邸の中心軸であった。

『曽雅の道』を招き抱えるかの如く跨《また》いでいる楼門（二階のみに屋根をつけた八脚の門）の巨大さにも美雪は目を見張った。

さらに美雪を驚かせたのは、その楼門の前に遠目にも見窄《みすぼ》らしい身形と判る老婆がこちらを向いてひとりポツンと立っていた事である。

しかもその老婆に対し、義助が歩みを止めて姿勢を正すや、深深と頭を下げたのであった。

（お祖母様《ばばさま》でいらっしゃる……）

美雪の直感であった。
四、五歳の頃であったか、今は亡き母（雪代《ゆきよ》）の親つまり祖父母《そふぼ》の和右衛門《わえもん》と多鶴《たづる》が江戸西条家を訪れて一月《ひとつき》ばかりを過ごした折《おり》、祖母多鶴に幾度となく抱き上げられ頬擦りをされたことを覚えている美雪だった。

「どうじゃ、暫《しばら》くの間、人情豊かで景色の美しい大和国《やまとのくに》でこの祖母《ばば》と一緒に暮らさぬか」

優しいにこにこ顔で言われたその言葉まで、美雪は今でもはっきりと覚えている。

幼心《おさなごころ》にもちょっと異様に感じたのは、遠い大和国《やまとのくに》とかから江戸を訪れた祖《そ》父母《ふぼ》であるというのに、祖父母も付《つ》き添《そ》ってきた四、五人の女中たちも、その身形がひどく見窄《みすぼ》らしく見えたことだった。

それに、祖母《そぼ》が自身のことを指して「祖母《ばば》」と称する道理についても理解できなかった。なぜ「お祖母様《ばあさま》」ではいけないのであろう、と。

父、西条貞頼《さだより》がとくに威儀を正して、祖父に対するよりも丁重に出迎えていた程の祖母《そぼ》なのに。

そしていよいよ祖父母《そふぼ》が江戸を去るとき、美雪は自分もすっかり、それこそ我知らぬうちに「お祖母様《ばばさま》」と祖母《そぼ》を呼んでいることに気付かされたのだった。

そういったことを懐しく温《あたた》かく胸の内に思い出しながら、宏壮《こうそう》な楼門の前に立っている間違いなく見窄らしい身形の老女へと美雪は、歩みを急がせた。

そして次第に小走りへとなってゆく。

義助と練士六名たちも、辺りへの目配りを怠《おこた》らぬようにしながら、美雪に続いた。可憐《かれん》さを失っていない美雪の明るい笑みが、面《おもて》に広がった。

矢張りそうであった。「お祖母様《ばばさま》」の多鶴であった。

「お祖母様《ばばさま》……」

「おう、おう、美雪じゃな。よう来た、よう来た」

お祖母様《ばばさま》にお目にかかった途端《とたん》なみだ目になるようなことがあってはなりませぬよ。七千石大身お旗本西条家の姫君らしくやわらかに凜《りん》と、これを忘れることがあってはいけませぬ。お宜しいですね。

西条家の奥向取締《おくむきとりしまり》(侍女・腰元などの差配)で、百俵取り御家人の決して豊かでない家庭で育った菊乃《きくの》から、旅立ち前にそう釘をさされていた美雪であった。

母雪代の亡きあと、我が身を惜しむことなく西条家のために尽くしてくれている奥向取締の菊乃である。

信頼するその菊乃から、「お宜しいですね」と念を押されていたにもかかわらず、小柄なお祖母様《ばばさま》が少し背伸びをするようにして皺《しわ》だらけのかさかさの掌《てのひら》で両の頬を挟《はさ》んでくれると、美雪は堪《こら》え切れずに大粒の涙をこぼしてしまった。

「この祖母《ばば》の顔を忘れてはおらなんだか美雪」

「はい、忘れてなどおりませぬ、お祖母様《ばばさま》」

「そうかそうか。いい子じゃ、いい子じゃ。この祖母《ばば》の手が其方《そなた》を抱いたのは四、五歳の頃じゃったな。この子はきっと天女《てんにょ》も敵《かな》わぬ程に気高《けだか》く育つと思うておったが、それにしてもなんという美しさじゃ」

皺だらけの掌で美雪の白い頬を撫《な》でてやりながら、とうとう目を潤《うる》ませてしまった祖母《そぼ》の多鶴であった。

「お祖母様《ばばさま》。供《とも》の腰元三人を、石上神宮《いそのかみじんぐう》で別れて先にこちらへ向かわせましたが、無事に着いておりましょうか」

「大丈夫じゃ。着いておる。だから祖母《ばば》はこうして其方《そなた》を此処で待っておったのじゃ。今か今かとな」

そう言いながら、ようやく美雪の頰から、両掌をはなしてにっこりとしたお祖母様《ばばさま》であった。

「お詫び致しまする、お祖母様《ばばさま》。石上神宮まで出迎えに来ておりました義助に無理を頼んで、甘樫山《あまかしのおか》へ案内《あない》して戴きました。寄り道をしてしまい本当に申し訳ございませぬ」

「甘樫山《あまかしのおか》へ立ち寄ったことは、先に着いた供の者から聞かされておる。しっかり者の義助が一緒じゃから、何の心配もしていなかったが早《はよ》う其方《そなた》に会いとうて会いとうてな……」

「江戸で三日に一度通うておりました堀端一番町《ほりばたいちばんちょう》の『史学館』と申しまする塾で、古代王朝において権勢この上も無かった御先祖家蘇我《そが》一族と甘樫山《あまかしのおか》とのかかわりを学び、大和国《やまとのくに》に着きましたならば一番に訪ねてみたいと思うておりました」

「其方《そなた》の体の中に流れておる蘇我の血が甘樫山《あまかしのおか》へと向かわせたのであろうかのう。あるいは其方《そなた》が『王城の地』として栄えたこの大和国《やまとのくに》を訪れると知って喜びなされた蘇我一族の御霊《みたま》が手招いたのやも知れぬ」

「ですけれどお祖母様《ばばさま》。中臣鎌足《なかとみのかまたり》や中大兄皇子《なかのおおえのおうじ》の明らかに非合法と思われまする武力決起（クーデター）により、甘樫山《あまかしのおか》で滅亡いたしましたる蘇我本宗家と、お祖母様《ばばさま》の曽雅家とは、どうして名字《みようじ》が異なっているのでございまするか。お祖母様《ばばさま》の蔵《くら》より次次と見つかった史料などにより、まだ不確かな部分はあるが双方の血族関係はかなり深いらしい、と父から聞かされておりまするのに……」

そう言って、お祖母様と自分の胸元の間へ、蘇我、曽雅と指先で二つの名字を書いてみせる美雪であった。

「それについては後《のち》ほど、ゆるりと話して聞かせよう。陽が落ち始めて、昼の暖かさが秋冷えに変わり出しておる。旅疲れの体を秋冷えの中に晒《さら》して風邪《かぜ》でもひかれては大変じゃ。さ、ついて来なされ」

多鶴は美雪の手を取ると、ゆっくりと歩き出した。手肌《てはだ》は枯《か》れ切った感じであるのに、なんとやさしい温《ぬく》もりの掌《てのひら》であることか、と美雪は思った。心に伝わってくるものがある、温もりであった。

美雪に西条家の祖父母についての記憶は無い。西条家の嫡男《ちゃくなん》であった「父貞頼」が、三十九歳という若さで亡くなった祖父の後を継いだのは十七歳のときである。祖母もその翌年に亡くなっているため、美雪は孫というものに対する祖父母のしみじみとした心とか手の温もりとかを今日まで知らなかった。

その温もりを今、美雪はしっかりと感じていた。四、五歳の頃に祖母多鶴に抱き上げられたり手を引かれて広い庭内を散歩したりの記憶はあるが、温もりとかやさしさを鮮明に記憶するには、心情《しんじょう》がさすがに幼《おさな》過《す》ぎた。

でも、今は判る。なんという温もりであることかと。

美雪はお祖母様《ばばさま》の小さな干《かわ》いた手を毀《こわ》してはならぬと気遣いながら、おそるおそる強く握り返した。

多鶴が歩みを緩めぬまま、「おおそうじゃ」といった感じで少し背筋を反らせ、思い出したように訊ねた。

「この祖母《ばば》が西条の家に世話になっている間、身の回りの面倒をよう見てくれた菊乃は元気に致しておるのかのう」

「はい。元気に致しております。今では父から奥向の取締を任されておりまする」

「あれならば奥向の取締を任せても心配ないじゃろう。確か百俵取り御家人の娘とかであったな」

「お祖母様《ばばさま》に大層会いたがっておりました。なれど父の登下城の備えの細かさや、応接をおろそかに出来ませぬ来客の多さを考えますると、菊乃を此度《こたび》の旅に加えるのは無理でございました」

「奥向取締に当たる者は、その職から妄《みだ》りに離れてはならぬのが常《つね》じゃ。菊乃ならばそれを理解し心得ておろう。それにしても、あの当時《ころ》は若かった菊乃も、今では落ち着いたい年になったことであろうな」

「お祖母様《ばばさま》の仰せの通りでございます」

　多鶴と話を交わしながら、美雪はいつになると屋敷の玄関に着くのであろうと、邸内の余りの広さに驚くほかなかった。大番頭旗本七千石西条家の敷地も相当に広いが、それとは比べものにならぬ広さであることを知った美雪である。

　宏荘な造りの楼門を潜ったときには目の前に見えていた棟木《むなぎ》の両端に大きな

鵄尾《しび》（鴟尾とも）を持つ屋敷の大屋根が一向に近付いてこない。楼門を潜った内側にも「曽雅の道」と全く変わらぬ仕様《しよう》の石畳の道が凡《およ》そ七尺高の石垣に挟《はさ》まれるかたちで続いており、しかも道幅を次第に狭《せば》めていくその通りを美雪はすでに二度、鉤形《かぎがた》（直角）に曲がっていた。

（この鉤形の鋭い曲がり様《よう》は、敵がもし楼門を潜って攻め寄《せ》せても、一気に屋敷へ近付けさせないための備えではないか……）

「武炎派《ぶえんは》」（武断派とも）である大番頭を父に持つ美雪は、千年を超える昔に生じた一大激戦、中臣鎌足《なかとみのかまたり》・中大兄皇子《なかのおおえのおうじ》連合軍（クーデター軍）を向こうにまわしての蘇我一族の奮戦を胸の内で想像し、ふっと「暗い予感」に見舞われた。

「美雪や。次の角を曲がった正面が、この屋敷の玄関じゃ。其方《そなた》の顔を早《はよ》う見とうて皆も待ち草臥《くたび》れておろう」

「あのう、お祖母様《ばばさま》……」

「なんじゃな」

「お祖父様《じいさま》はいかがなさっておられるのでございましょうか。江戸の西条家へお祖父様《じいさま》とお祖母様《ばばさま》が御越《おこ》し下されましたるとき、お祖母様《ばばさま》の記憶ばかりが強く残り、お祖父様《じいさま》の御輪郭《ごりんかく》がもうひとつ私《わたくし》の心内《こころうち》に残っておりませぬ」

「お祖父《じい》はまるで入り婿《むこ》のようにおとなしい気質じゃから、夫婦二人で何処へ出かけてもこの祖母《ばば》ばかりが目立つのじゃ」

「え？」

「なんじゃ。美雪はお祖父《じい》が曽雅家の入り婿と間違われるほどおとなしい気質であることを両親から全く聞かされておらなんだのか」

「はい。いま初めて知りましてございます。西条家の父も母もそのようなことは私に対してはひと言も……」

「そうかそうか。それでええ、それでええ。さすが幕府重役の貞頼殿であり雪代《ゆきよ》じゃ。お祖父《じい》に会《お》うたなら、お祖父《じい》を曽雅家の当主《とうしゅ》として立ててやっておくれ」

「勿論でございまする、お祖母様《ばばさま》」

「じゃがな美雪。曽雅家の本当の当主は、この祖母《ばば》じゃぞ。よいな。この祖母《ばば》じゃ」

「まあ、お祖母様《ばばさま》……」

美雪は、くすりと含み笑いをこぼして、お祖母様《ばばさま》に手を引かれながら、七尺高の石垣の角を左へと曲がった。

美雪が思わず息を呑む程の光景が、待ち構えていた。

目の前に現われた大きな造りの玄関式台——おそらく西条家の倍はありそうな——を背にして杖《つえ》を手にした背丈のありそうな白髪の老人が先程から拵えていたかのようなにこやかな表情で立っており、その背後に、両側の壁に沿うかたちで次の間の奥まで二十人を超える人たちが正座をして、こちらを見ていた。

いずれも、予《あらかじ》め備えていたかのような明るい笑顔である。

「お祖父《じい》の和右衛門《わえもん》じゃ。さ、行っておやり」

祖母の多鶴が囁いて握っていた美雪の手を放したが、しかしすでに美雪の足は自分の意思で、杖を手にする白髪の老人の元へと急ぎかけていた。このとき、ぼんやりとではあったが、十五年前の祖父の面立ちを思い出していた美雪である。

「お祖父様……」

「おう、美雪じゃ、美雪じゃ。過ぐる十五年前の幼い面影がしっかりと残っておる。それにしても、なんという美しさじゃ。天女も敵わぬ美しさじゃ。よう来た、よう来た」

お祖母様《ばばさま》と申し合わせた訳では決してあるまいが、同じように「……天女も敵わぬ美しさじゃ……」と告げて両手を大きく広げる和右衛門《わえもん》の胸へ、美雪はふわりとやさしく飛び込んだ。

お祖父《じい》が杖を持たぬ方の手を美雪の背にまわす。

「お祖父様《じいさま》、十五年ぶりにございまする。お会いしとうございました」

「うむ、うむ。この通り年を取って枯れてしもうたが元気じゃ。お父上の貞頼殿は健《すこ》やかにしておられような」

そう言いながら美しい孫の背中を幾度も幾度も愛《いと》おし気に片手で撫《な》でてやる和右衛門だった。

「はい。元気に幕府大番頭の勤めに励んでおりまする」

「何よりじゃ。それにしても女の身でありながら、将軍家の大役を背負い、よくぞ無事にこの遠い大和国《やまとのくに》へ着いたものじゃ。立派じゃ立派じゃ。貞頼殿からの早飛脚《はやびきやく》で美雪の此度《こたび》の御役目を知らされてからは、心配でよう眠れなんだ」

言い終えて、ひと粒の涙が皺《しわ》深い頬を伝い落ちた和右衛門《わえもん》だった。

祖母多鶴が目を細めて二人に歩み寄った。

「陽が西に沈み出すと大和国《やまとのくに》の秋は冷え込みを強めるのが常《つね》じゃ。美雪や。旅疲れの体に大事があってはならぬ。『雪代《ゆきよ》の間《ま》』でともかく、そのよう似合《にお》うておる男装を解き、衣裳を改めてゆったりとするがよい」

「お祖母様《ばばさま》。亡き母の名が付いている『雪代の間』というのが、ございますの？」

「この曽雅家の末娘《すえむすめ》であった雪代が貞頼殿に嫁《とつ》いでからというもの、お祖父《じい》が淋しがってのう。それまで雪代が使《つこ》うていた居間を『雪代の間』と名付けて、そっくり当時のままに残しているのじゃ」

「それでは亡き母のお若い頃の香りが、そのお部屋に……」

「おう、残っておるとも。その居間を使うがええ。お祖父《じい》、早《はよ》う案内してやりなされ」

「そうじゃな。衣裳を改めて、それからのち風呂にでも入って旅の疲れを取るがよい」

和右衛門《わえもん》がそう言って玄関式台の方へ美雪を促したときであった。すっかり茜色《あかねいろ》を強めた雲一つ無い秋空の彼方《かなた》で小さな雷鳴が生じ、しかしそれは信じられぬ速さでたちまち屋敷の真上に達するや、大雷鳴となって天地を震わせた。それだけではない。またしてもあの叩きつけるような突風が上から下へと吹き下りはじめ、ざざあっという耳を劈《つんざ》く凄まじい音と共に広大な庭内の紅《こう》葉《よう》した落葉や砂塵《さじん》が吸い上げられるかのようにして舞い上がった。

六名の練士と義助が美雪、多鶴、和右衛門を護るかのようにして取り囲み、腰の業物《わざもの》（刀、短刀）に手をやって空を見上げる。

玄関式台から次の間の奥にかけて正座をしていた者たちの中から、ひと目で腰元の身形《みなり》と判る三人（佳奈、芳乃、留伊）が素早く飛び出し、練士と義助に加わって懐剣の柄に手をやった。

頭上はまるで数万羽の紅　蝶《くれないちょう》が乱舞する中へ、黄砂《こうさ》が襲いかかるかのような異常な光景であった。

と、大雷鳴も突風も何かに命じられでもしたかの如く不意に止《や》み、人人の間に小痛《こいた》い耳鳴《みみな》りだけが残って静寂《せいじやく》が訪れた。

「な、なんじゃ、今のは」

和右衛門が空を仰《あお》ぎ見ながら、茫然《ぼうぜん》の態《てい》で呟いた。その和右衛門の頭や肩の上に、はらはらと紅葉《こうよう》の葉が降りかかる。

「お祖父《じい》、早く美雪を屋敷の中へ……不吉な雷《いかずち》じゃ」

多鶴が和右衛門と美雪の背中を、いささか慌て気味に押して促した。

ところが美雪は不思議な表情で、紅蝶《くれないちよう》が乱れ舞う頭上を眺めていた。さも嬉しそうに目を細め、かたちよい口元にはうっすらと笑みさえ漂わせているではないか。それは美雪の美しい面《おもて》に、近付き難いほどの気高さがひろがった一瞬、いや、長い、、、一瞬であった。

「大丈夫です。お祖父様《じいさま》、お祖母様《ばばさま》。この大和国《やまとのくに》の神神《かみがみ》が私《わたくし》を歓迎して下さっております。私《わたくし》には何《なん》とのう判ります。よう参った、よう参った、と神《かみ》神《がみ》がやさしく頷いて下さっておりまする」

和右衛門《わえもん》と多鶴の表情が「えっ」となり次いで、はっとなって美雪の体から僅かに離れ、美し過ぎる孫娘の面《おもて》にじっと見入った。

三

旅で疲れた体を入浴で癒《いや》した美雪は、そのあと祖父母の居間で驚くほど質素な夕餉《ゆうげ》の膳を、三人だけで囲んだ。

華やかな歓迎の宴《うたげ》でなかったことが、美雪の心にほのぼのとしたものを染《し》み込ませた。お祖母様《ばばさま》の人柄や、お祖父様《じいさま》の印象を裏切ることのない気位《きぐらい》に満ちた夕餉であると思った。

夕餉の話題は主として江戸の西条家のことであった。その意味では三人の誰にとっても差《さ》し支《つか》えのない話題、といってよかった。美雪が話し、お祖母様《ばばさま》やお祖父様《じいさま》がそれに短く笑顔で応じるという、なごやかな会話に終始した。父貞頼に対する将軍家及び幕閣の信頼がいよいよ厚いこと、千石もの加増があって西条家が万石大名に近付く七千石の大身旗本家となったこと、最近では茶華道や琴の他に浮世絵にいたく関心を持ち始めたこと、などが主な話題であった。

美雪が嫁ぎ先から離縁されて西条家に戻っていることについては勿論《もちろん》のこと

知っている和右衛門《わえもん》と多鶴ではあったが、それについては美雪の口からも祖父母の口からも話題として出ることは無かった。

夕餉のあと大行灯《おおあんどん》の明りが点《とも》っている「雪代の間」に戻った美雪は、床の間に掛けられている掛軸を綺麗な姿で正座をしてしみじみと眺めた。

「雪代が西条家へ嫁入りの旅立ちをする朝に、このお祖母《ばば》とお祖父《じい》のために自らの手で書き残してくれたものじゃ」

旅装束を解くために屋敷入りして直ぐこの居間へ案内してくれたお祖母様《ばばさま》から、美雪はそう聞かされている。

立田山《たつたやま》こずゑまばらになるままに深くも鹿《しか》のそよぐなるかな

貴族、武士、農民の価値観が渾然《こんぜん》一体となった、いわゆる鎌倉文化の時代（鎌倉時代の文化の意）に、文武両道に長《た》けた後鳥羽上皇《ごとばじょうこう》（治承《じしょう》四年、一一八〇～延応《えんおう》元年、一二三九）の院中《いんちゅう》（御所の中）にある「和歌所《わかどころ》」で編まれた新古今和歌集の名歌の一《ひとつ》であった。

そうであると、むろん美雪は承知しているし、またまぎれもなく亡き母雪代の格調高い筆跡である、と思った。

「そういえば、母上は立田山の紅葉の美しさについては、幾度となくお話しくだされた……」

美雪は呟いて、母と交わした会話の数数を思い出して懐しんだ。

立田山は確かに大和国《やまとのくに》の生駒郡《いこまこおり》にある紅葉の名所であった。

西条家へ嫁入りの旅立ちをする朝に、新古今和歌集のこの名歌を掛軸にして書き残したということは、母上の娘心はどのようなものであったのだろう、と美雪は想像した。

「母上はもしや、『王城の地』として栄えたこの美しい大和国《やまとのくに》から離れたくはなかったのではないか……」

想像がそこに突き当たると、複雑な気持に陥《おちい》ってしまった美雪であった。

江戸から眺めた大和国《やまとのくに》が、いや、大和国《やまとのくに》から眺めた将軍家の国《みやこ》である江戸が如何に遠いか、実際に旅をしてみて判った美雪である。

美雪は思わず小さな溜息を吐いて、大きな三基《き》の篝《かがり》の中で赤赤と燃《も》え上がっている炎《ひ》で明るい庭に視線を移した。

まだ旅装束《しょうぞく》を解いていない六名の侍に加えて三名の腰元が、美雪に背中を向けるかたちで辺りを警戒していた。

曽雅家の奥まった庭内ではあっても、油断していない。

美雪の六名の家臣と三名の腰元たちは、立番のまま夕餉《ゆうげ》を済ませていた。とにかく美雪を護り切る、それが九名に与えられた此度《こたび》の旅での任務だった。佳《か》奈《な》、芳乃《よしの》、留伊《るい》の三名は大身旗本家の侍女の立場ではあっても、常日頃から家臣を相手として小太刀の修練を欠かしたことがない。小太刀同士ならば、その腕の程は家臣とて侮《あなど》れない位《くらい》にまで達している。

もともとは美雪の亡き母雪代が遠出の際に随行するのが三人の腰元の御役目であったが、雪代が病没し美雪が婚家《こんか》から戻って来てからは、その御役目は美《み》雪付《ゆきつき》に変わりかけていた。「かけていた」という事は美雪が大袈裟《おおげさ》を嫌うため、未だ「正式」には決まっていないということである。

「まるで合戦が今にも起こりそうな、赤赤とした篝火《かがりび》だこと」

美雪は呟いてから、この刻限になってもなお〝筵巻〟を襷掛《たすきが》けに背負っている侍の後ろ姿へ「忠寛《ただひろ》……」と声を掛けた。

「はっ」と、忠寛が体の向きを変え、きびきびとした動きで広縁の前までやって来た。

美雪が静かに腰を上げて広縁に出る。

このとき何かに怯《おび》えでもしたかのように、三基の篝火が突然、ぱちぱちと鋭く乾いた音を発して大粒の火花を四方へと弾き飛ばした。

五名の侍と三名の腰元たちが、地面に落ちて赤く息衝《いきづ》いている粒を落ち着いて踏み潰していく。

「忠寛。そろそろ篝火を消して部屋に入り、旅の装束を解いて二人ずつ交替で湯（風呂）を戴きなされ。庭内の要所には当家の屈強の者（下僕）たちがかなりの数、立番をしてくれていようから、今宵《こよい》はその者たちの警備に甘えさせて貰い、体を安めるがよい」

「宜しゅうございましょうか」

「お祖母様《ばばさま》が先程そのように仰せであったのです。遠慮はいりませぬ」

「はい。では左様にさせて戴きます。それではこれを……」

忠寛はそう言うと、手早く襷掛けを解いて背負っていた〝筵巻〟を、うやうやしく美雪に差し出した。

美雪は「御苦労でした」と頷いて、それを矢張り丁重に受け取った。六名の家臣たちに与えられた部屋は「雪代の間」の右隣に位置する十八畳の広間。腰元たち三人の部屋はその反対側に隣接する十畳の座敷であった。つまり美雪の部屋を左右両側から挟《はさ》んで護るかたちとなっている。

「佳奈……」

こちらへ横顔を見せて、足元の篝火の火の粒を踏み消している腰元へ、美雪は穏やかに声を掛けた。腰元の中では最年長の二十二歳で、小太刀をよく極め、諸賞流和《しょしょうりゅうやわら》も心得ている。

「はい」と、佳奈が広縁の前までやって来て、浅く腰を折った。

「今日一日ご苦労でありました。其方《そなた》たちも、もう体を安めるがよい」

「美雪様。今日一日かなりお歩きなされましたが、御御足《おみあし》の方は大丈夫でございましょうか」

「心配ありがとう。足首などに痛みなど生じてはおりませぬでしょうか。でも私《わたくし》は、それほどひ弱《よわ》ではありませぬ」

美雪は、にっこりとして答えた。

「それは承知致しておりますけれど、のちほど御御足《おみあし》を少しお摩《さす》りした方が、明日の大事な御役目のためには宜しいのではと思いまする」

「諸賞流和を心得ている其方《そなた》の指圧《しあつ》や按摩《あんま》がよく効くことは父から聞いて知っておりますが、またに致しましょう。今日はこれで其方《そなた》たちも体を労《いたわ》りなさい」

「それでは、お言葉に甘えさせて戴きます」

「雨戸を閉めて、廊下の柱に掛かっている掛行灯《かけあんどん》を点《とも》しておくように……」

「心得てございます」

頭を下げた佳奈を残して、美雪は〝筵巻〟を手に座敷「雪代の間」へとさがると、障子を閉めた。おやすみなさいませ、と佳奈の控えめな声が追いかけてくる。

佳奈が心得ている諸賞流和を、亡き母雪代が大変心強く思っていたことを美雪は知っている。

諸賞流和は、強力な当身業《あてみわざ》で知られた武道である。関節業、投げ業にも非常に優れたものがあり、閃光《せんこう》のような「五重取り」を特徴とする実戦的な柔《やわら》（和）だった。「五重取り」とは、一つの業をそれこそ電撃的に五段階に変化させて用い、相手を斃《たお》す業である。

いや、単に業というよりは、激的連続業と称してよいものであろう。

もともと盛岡《もりおか》に伝わる南部《なんぶ》藩の御留流《おとめりゅう》柔術《じゅうじゅつ》であったものが、いま江戸の旗本たちの間にまで広まって静かな活況を呈しつつあった。

美雪は床《とこ》の間《ま》を前にして正座をすると、肌身離さず身に付けている懐剣を用いて、丁寧に括《くく》られ包装されている〝筵巻〟を解きにかかった。

筵の下は油紙包装で、その下が濃紺の絹地《きぬじ》の包みとなっている。

そして現われたのは、侍ならば誰が見ても中に刀が入っていると想像できる、長形の白木の箱だった。しかもである。白木の箱の頭《かみ》とする位置に徳川将軍家葵《あおい》の御紋の焼判《やきはん》が入っており、三寸ばかり間を空けて「征夷大将軍《せいいたいしょうぐん》正二位右大臣徳川家綱《いえつな》」と迫力ある美麗な書体で記されていた。名前の下に「家《いえ》綱《つな》」の丸い朱印を捺《お》した紙が確《しっか》りと貼られているところから、将軍自ら書いたものに相違ない。

美雪は、白木のそれを床の間にそっと横たえると、両手をついて美しい御辞《おじ》儀《ぎ》をしてみせ、姿勢を元に正して涼しいまなざしで掛軸を見た。

「立田山こずゑまばらになるままに深くも鹿のそよぐなるかな」

美雪はひっそりと呟くようにして、亡き母が掛軸にしたためた新古今和歌集の名歌を詠《よ》んだ。

この和歌の大意を、美雪は承知している。立田山の木立が秋の深まりにつれて葉を落とし、その落ち葉を静かに踏み鳴らして鹿が山奥へと戻っていくようなな……。

これが美雪の解釈であった。母の気立ての麗《うるわ》しさを誰よりもよく知っている娘の自分のこの解釈こそが最もふさわしい、と美雪は自信をもっている。

「母上様。将軍家綱様の命《めい》により、この白木の箱の中に納められておりまする将軍家の銘刀に朱印状を添え、明朝大神神社《おおみわじんじゃ》に奉納いたす事となりました。この大役を無事に終える事が出来まするよう、どうぞこの美雪をお見守り下さいませ」

亡き母の声が聞こえてくるであろうか、と美雪は暫く待ったが、聞こえてはこなかった。二十歳《はたち》にもなるというのに、自分の体の中には未だに母に甘えたい感情が残っているのだ、と気付いて「お母様……」と小声をこぼした。十二、三歳の頃まで、「母上様」ではなく「お母様」と呼んで甘えていた自分を忘れてはいない美雪だった。

このとき、廊下を摺《す》り足で次第に近付いてくる足音があった。その気配を美雪に知らせようとする配慮があるとみえて、足音は不自然に大きく摺り音を立て、そしてゆっくりとだった。

美雪にはその摺《す》り足が足腰の弱っているお祖母様《ばばさま》のもの、と屋敷入りして既《すで》に判っていたから障子の方へ体の向きを変え、表情を調《ととの》えた。

摺り足の音が、障子の向こうで止まった。

「美雪や、お祖母《ばば》じゃ。もう寝床かえ」

「いいえ、お祖母様《ばばさま》。まだ起きておりまする。どうぞお入りになって下さい」

「それじゃあ失礼しますよ」

障子がゆっくりと開《あ》いた。多鶴が立った姿勢のまま障子を開けたのは、この古過ぎるほど古い大邸宅の事実上の主人《あるじ》であることの証《あかし》だ。

かわいい孫娘の美雪と顔を合わせた多鶴は皺深い顔の中で目を細め、にっこりとした。

「お客様が見えたのじゃが、長旅で体は疲れておろうのう。矢張り帰って貰《もろ》うた方がよさそうじゃ」

ひとりで言い、ひとりで決めて障子を閉めようとするお祖母様《ばばさま》に、美雪は
「あ、お待ち下さいませ」と告げて腰を上げた。

「お客様と申されましたけれどお祖母様《ばばさま》、どなた様でいらっしゃいましょう」

「溝口《みぞぐち》が来た。其方《そなた》にどうしても詫びと挨拶がしたいのじゃと」

「詫びと挨拶？……あのう、お祖母様《ばばさま》、溝口様とは一体どなた様の事を言っていらっしゃるのでしょうか」

「奈良奉行じゃ」

「まあ、お奉行様がこの刻限に参られたのでございますか。それに致しましても、ご挨拶を申し上げるのは大和国《やまとのくに》へ参りました私《わたくし》の方でございまするのに」

「何を言うておる。其方《そなた》は幕閣三臣《ばっかくさんしん》の一《ひとつ》、大番頭七千石大身旗本西条山城守

貞頼殿の姫君ではないか。滅多《めった》なことで軽軽しく頭を下げるものではありませぬ、宜しいな」

「なれどお祖母様《ばばさま》……」

「それに今の其方《そなた》は、四代様（徳川家綱）の大切な御役目を背負うておる格別の立場じゃ。大和国《やまとのくに》内外のいずこの太守《たいしゅ》が此処《ここ》へ訪れようとも、今の其方《そなた》の前ではひれ伏さねばならぬ。それを其方《そなた》が忘れては四代様に対し非礼となるぞ。よいかな」

「はい。その点につきましてはよく心得てございまする」

「では溝口を連れて参ろうかの」

多鶴はまた目を細めてにっこりとすると、摺り足のゆったりとした足運びで引き返していった。

美雪は改めて、曽雅家の歴史の凄さというものを思い知らされた気がした。奈良奉行を溝口と呼び捨てとしたお祖母様《ばばさま》である。

全く動じていないし、かといって曽雅家の実質当主としてふんぞり返っているのでもない。

淡淡だ。近くに住む縁者でも訪ねてきたかのような、軽い「受け流し様《よう》」である。美雪はその余りにかたちよい口元に思わず、笑みを浮かべてしまった。

と、障子の向こうで、「美雪様……」と佳奈の抑えた声がした。

「お祖母様《ばばさま》のお話が聞こえておりましたか。心配いりませぬよ佳奈。決して私《わたくし》は油断はしておりませぬゆえ」

「できますれば私《わたくし》も同室させて戴きとうございます」

「歴史あるこの屋敷の実質的な当主として、お祖母様《ばばさま》の隙《すき》の無さを信じなされ。奈良奉行がもし偽《にせ》の者であったなら、たとい上手に変装していたとしてもお祖母様《ばばさま》は疾《と》うに見抜いておられましょう」

「御前様（多鶴のこと）は奈良奉行の真《まこと》の姿形《すがたかたち》を、よう御存知なのでございましょうか」

「よう知っているどころではありませぬから、溝口、と親しみを込めた意味で呼び捨てにしておられたのでしょう。佳奈には、そうは聞こえませなんだか」

「いえ。はあ……」

「もうよい。間もなく奈良奉行が見えましょうから、部屋へ退がっていなされ。その横に忠寛も不安顔で控えているのであろう」

「仰せの通りでございまする」

「これ忠寛」

「はっ」

佳奈の声が野太い男の声に変わった。

「私《わたくし》は大丈夫じゃ。安心して部屋に控えていなされ。軽挙妄動があっては、お祖母様《ばばさま》に恥をかかせることになりまするぞ。判りましたね」

「承知致しました。どうか、くれぐれも御油断ありませぬよう」

「二人とも大儀であった。さ、早く部屋へ……」

「それでは、これにて……」

障子の向こうから人の気配が消えたとき、こちらへ向かってきつつあると判るお祖母様《ばばさま》と男の声が美雪の耳に届き出した。

四

廊下を幾人もの足音が次第に近付いてくる。お祖母様《ばばさま》の歩みに合わせているのであろうか、足音は穏やかでゆっくりとしたものであった。

美雪は「征夷大将軍正二位右大臣徳川家綱《いえつな》」の銘刀が納まっている白木の箱が横たわった床の間を背にして座り、近付いてくる足音が障子の向こうで止まるのを待った。

美雪は現在の奈良奉行がお祖母様《ばばさま》の言う溝口 某《みぞぐちなにがし》であることは知らなかったが、「奈良奉行としての官僚的地位」は凡《およ》そ千石高程度で、御役手当が千五百俵前後別に付加される点については承知していた。幕閣三臣の一《ひとつ》、大番頭《おおばんがしら》七千石の大身旗本を父に持つ娘として、その程度のことは学び知っておかねばならないのが常である。

足音が障子の向こうで止まり、美雪の端整《たんせい》な面立《おもだ》ちがやわらかさを失うことなく凛《りん》となった。

「美雪や、祖母《ばば》じゃ。宜《よろ》しいかえ」

「はい。どうぞお入り下さい」

多鶴《たづる》が障子を矢張り立った姿勢のまま左右に開いた。なんと廊下に五名の男がきちんと両手をついて頭を下げている。

「長旅で疲れておるというのに、すまないのう美雪。四半刻《しはんとき》（三十分前後）ばかりこの者たちと付き合《お》うてやりなされ。四半刻ばかりじゃぞ。それ以上はいかぬ。大事な明日が控えておるのでな」

多鶴はそう言い残すと、男たちにひと声も掛けることなく廊下を戻っていった。奈良奉行を前にしてのそれが、ごく常の態度であるかのような自然さだった。

奉行たちを見下《みくだ》している、というのでは勿論ない。ともかく不思議なほど自然の態《てい》であった。美雪には、お祖母様《ばばさま》の態度がそれ以外には見えなかった。

「私《わたくし》が大番頭西条山城守貞頼《さいじようやましろのかみさだより》が娘美雪でございまする。さ、どうぞお入りになって下さい。そこ《ここ》では秋冷えが板をとおして脚にこたえましょうほどに」

「あ、いいえ、我我は此処《ここ》で結構でございまする」

頭を下げている五人の内の一人が少し嗄《しわが》れ気味な声で言った。美雪に対し一歩も二歩も遠慮する姿勢を、その嗄れ気味な声の響きにあらわしている。なにしろ西条家は二千石とか三千石の大身ではない。万石大名に迫らんとする七千石の大身である。

「廊下と私《わたくし》の位置とでは話を交わすにも遠すぎまする。さ、遠慮なさいませず、どうぞお入りなされませ」

「左様でございますか。では、お言葉に厚かましく甘えさせて戴きまする」

そう言いながら顔を上げた相手が、奈良奉行溝口某なのであろうと美雪は思った。五十前後であろうか。嗄《しわが》れ声には似合わず穏やかでやさし気な顔立ちであったから、美雪は我知らず肩からすうっと力を抜いていた。

五人は、前に二人が、後ろに三人が座るかたちで恐れいったように低い腰で「雪代《ゆきよ》の間《ま》」に入って来た。

それにしてもお祖母様《ばばさま》の何という威風であることか、と改めて内心驚かざるを得ない美雪である。

「各自、簡略に名乗らせて戴きまする。私は凡そ十年前の寛文《かんぶん》十年（一六七〇）

二月二十八日、江戸を離れて奈良奉行に着任致しましたる溝口豊前守信勝《ぶぜんのかみのぶかつ》（源《げん》左衛門《ざえもん》とも。実在）でございまする。前職は幕府『御使番《おつかいばん》』でございました（歴史的事実）」

頭を下げ気味に最初に名乗った嗄れ声の人物は矢張り、奈良奉行であった。

その右隣で畏《かしこ》まっていた四十半ばくらいに見える人物が待ち兼ねたように、やや早口で次に名乗り出した。

「私は溝口豊前守様が奈良奉行にご着任の凡そ一年後、寛文十一年（一六七一）四月十一日に奈良代官《だいかん》を拝命《はいめい》致しましたる鈴木三郎九郎《すずきさぶろうくろう》（実在）にございまする」

「大和国《やまとのくに》に幕府の遠国《おんごく》奉行の一つとして、奈良奉行が置かれていることは当然のこと存じておりましたけれど、奈良代官が設けられていることまでは知りませんでした。大番頭旗本の家で育っておきながら、これは学びがいささか足らなんだと申し上げねばなりませぬ。笑《わろ》うて下され」

美雪がひっそりと微笑みながら言うと、代官鈴木三郎九郎は「滅相もございません」と言わんばかりに大きく首を横に振った。

「御奉行の溝口豊前守様を差し置いて代官の私が申し上げるのは恐れ多い事でございまするが、初代の奈良奉行が慶長《けいちょう》十八年（一六一三）の中坊飛騨守秀政《なかぼうひだのかみひでまさ》（実在）様にまで溯《さかのぼ》ることと比べまするると、奈良代官が中御門町西にはじめて設けられたのは寛文四年（一六六四）四月と歴史がかなり浅うございます。実は幕閣内でも未だその存在は余り知られていないようでございまして……」

「まあ、それは真《まこと》でございまするか」

美雪が端整な面《おもて》に驚きを大きくさせると、

「は、はあ。残念ながら……」

と、鈴木三郎九郎は苦笑しつつ頭の後ろに手をやり、それで六人の間のややもすれば張り詰めていた空気が漸《ようや》くのこと和《なご》んだ。

それまでの早口も改まって、鈴木三郎九郎が付け加えた。

「大和国《やまとのくに》はしたがいまして現在、奈良奉行溝口豊前守信勝様と奈良代官でありますす私とで、いわば二元支配が行なわれておりまする」

「職掌《しょくしょう》がそれぞれ明確に分かれておりまするのであれば、後学《こうがく》のために差し支えのない範囲で、私《わたくし》にお教え下さいませぬか」

「願ってもない事でございます。ややもすれば影が薄いと思われがちな奈良代官の鈴木三郎九郎と致しましては、美雪様に大いにお知り戴きとうございまする」

奈良代官の真顔な言葉に、奈良奉行溝口豊前守が思わず静かに破顔した。その二人の様子から「あ、この二人による大和《やまと》の地の行政割《ぎようせいわ》りは上手《うま》くいっている……」と感じた美雪であった。

奈良代官鈴木が真顔を和らげ言葉を続けた。

「余り長長と喋っておりますといつお祖母様《ばばさま》に叱られるやも知れませぬゆえ簡略に申し上げまするると、奈良奉行所は大和《やまと》一国の中枢的なる支配組織として設けられておりまして、司法・行政を一手に司《つかさ》どり、同時に興福寺《こうふくじ》、東大寺《とうだいじ》、春日大社《かすがたいしや》及び吉野郡の寺社を除く、大和《やまと》一国の寺社を監理下に置いておりまする」

美雪は黙って頷き、溝口豊前守も「うむ」と首を小さく縦に振ってみせた。

「次に私、奈良代官鈴木でございますが、主として大和国《やまとのくに》に存在致します天領、つまり幕府領を統括監理致し、その御領内の年貢《ねんぐ》徴収権と、吉野一郡の寺社裁判権を与えられておりまする」

「大和国《やまとのくに》が奈良奉行、奈良代官という縦の線で御支配が二元的に行なわれておりますこと、よく判りましてございます。ところでお代官様は我が祖母《そぼ》のことを、お祖母様《ばばさま》と呼んでおられるのでございましょうか」

「はい。もう代官に着任の翌日から左様に……」

「奈良奉行の私めも同様でございます。迂闊《うかつ》にお名前を口に致しますると、お叱りを受けます」

溝口豊前守が間髪《かんはつ》を容《い》れぬ早さで続いたため、「まあ」と美雪の切れ長に流れた二重《ふたえ》の涼しい目が驚きを見せ、そのあと形よい唇《くちびる》の間から「ふふっ」と含み笑いが漏れた。

美雪のその表情、仕種《しぐさ》を余程に美しいとでも感じたのであろうか、決して年若くはない奈良奉行溝口豊前守信勝と奈良代官鈴木三郎九郎の二人はまるで金縛りにでもあったかのように半ば茫然《ぼうぜん》の態《てい》で美雪に見入った。

このときお祖母様《ばばさま》のものと判る摺《す》り足の音が、なんとのうわざとらしく廊下を近付いてくる気配があって、溝口豊前守がハッとしたように我を取り戻した。

お祖母様《ばばさま》がはじめに皆に告げた「四半刻ばかり」はまだ先の筈であったが、溝口豊前守が表情を改めて、

「美雪様をお出迎えに上がれなかった不手際につきまして、奈良奉行と致しましては心よりお詫び申し上げねばなりませぬ」

と、幾分大きめな声で――お祖母様《ばばさま》に聞かせる積もりでか――言いつつ軽く頭を下げ、代官鈴木もそれを見習って頭を低くした。

「なんの。私《わたくし》はお出迎え戴くことなど考えも致しておりませなんだ。此度《こたび》の大和国《やまとのくに》入りは当初より余り目立たぬようにと心がけておりましたゆえ、若《も》しお出迎え戴いていたなら却《かえ》って困惑《こんわく》致したやも知れませぬ」

「なれどお父君、西条山城守様より早飛脚《はやびきやく》にて御連絡を頂戴致している奈良奉行の私と致しましては……」

「え、父上は私《わたくし》の大和国《やまとのくに》入りに関してお奉行様に?」

美雪のその言葉で、廊下をこちらへ近付いて来つつあった摺り足の音がぴたりと止んだ。

「はい、奈良奉行の私に対し、くれぐれも身辺の警護を宜しく頼みたい、と」

「お奉行様は我が父のことを、いえ、父西条山城守はお奉行様のことをよく存じ上げているのでしょうか」

「御使番の職に就いておりましたる血気盛んな当時、私は芝新堀《しばしんぼり》の柳生《やぎゅう》飛騨守《ひだのかみ》宗冬《むねふゆ》様の御屋敷内にございます道場へ月に二、三度通い、柳生新陰流《しんかげりゅう》の教えを乞《こ》うておりました」

「我が父も柳生新陰流を心得てございましてかなりの時期、将軍家兵法師範であります飛騨守宗冬様の御屋敷へ出入りをさせて戴いておりましたが、若《も》しや……」

「はい。その若しや、でございます。その頃の私を厳しく鍛えて下されましたのが、柳生家御屋敷内道場の高弟として知られておられました山城守様でございました」

「左様でございましたか。父上からはそのような事実をひと言も聞かされておりませず大変失礼申し上げました」

「いいえ、私の方こそ気配り足らずでお出迎えを怠《おこた》るかたちとなってしまい誠に申し訳もありませせぬ。それに致しましても、東海道を京《みやこ》経由で大和国《やまとのくに》入りなされると思うて配下の役人たちへはそれなりの注意を与えてはおりましたが、美雪様におかれましては如何なる道を選択なされたのでございましょうか」

「京《みやこ》へ一時入って旅疲れの体を癒《いや》すことは考えましたけれど、家臣たちの気力が殊《こと》の外旺盛《ほかおうせい》でございましたから、関宿《せきじゆく》（伊勢《いせ》の鈴鹿《すずか》の関）に入ったところで曽《そ》雅《が》家へ早飛脚で知らせを出し、東海道と伊賀《いが》街道の分岐点（現在の関の城山北麓）で、伊賀街道の方を選びました」

「なんと、これはまた険《けわ》しい道を選ばれたものでございまするな。ときおり山賊が出没致しまする伊賀街道を、伊賀上野《うえの》城下を経《へ》たあと七本木《しちほんぎ》、白樫《しらかし》、治《はっ》田《た》、山添《やまぞえ》の村村を通り過ぎ、武門の棟梁《とうりょう》たる物部《もののべ》氏の総氏神《そううじがみ》として知られた石上神宮《いそのかみじんぐう》あたりへご到着なされたとなりますと、奉行所の役人の目に留まらなかったのは道理でございまするが……」

「その石上神宮に着き、其処へ曽雅家に仕《つか》える者が出迎えに来てくれておりました」

「これは全く面目《めんぼく》次第もありませぬ。今少し我らの配慮を広げるべきでございました」

溝口豊前守が肩を窄《すぼ》めるようにして恐縮し額《ひたい》に手を当てたとき、背後の障子が開いて多鶴がむつかしい顔つきで現われた。

「美雪や、明日は四代様より命じられた大事な御役目があるのじゃ。そろそろ体を休めなされ。溝口も鈴木も、もう宜しいじゃろ。この辺りで美雪を解き放してやっておくれ」

「承知致しましたお祖母様《ばばさま》。このような刻限に訪ねて参り申し訳もありませぬ。美雪様の明日の御役目につきましては江戸のお父君、西条山城守様よりこの溝口がしっかりと承《うけたまわ》っておりまするので、明朝早くに奉行所の腕の立つ与力同心を幾人か伴いまして、代官鈴木と共に私が此処へ出張って参ります」

「それを受けるかどうかは美雪の判断じゃ。美雪にも色色と考えがあろうから、慎重に自分で決めなされ美雪や」

「はい、お祖母様《ばばさま》。お奉行様のご好意は大変嬉しゅうございまするが、此度《こたび》の御役目は目立たず力まず穏やかにひっそりと進めたく考えております。父も内心はその方が私の身の安全のためにはよい、と判っている筈でございまするので……」

「矢張り其方《そなた》を可愛いと思う貞頼殿の情が、溝口に対して思わず『警護を頼む』と迸《ほとばし》ってしまったのであろう。娘に対する父親の情とは、そのようなものじゃ。溝口も娘がいようから、貞頼殿の気持は、よう判っておろう。そうじゃろ溝口」

「は、はあ……まさにその通りではありまするが」

「では美雪の望む通りにしてやっておくれか。それから美雪、まだ名乗っておらぬこの三人じゃが……」

障子に左肩を軽く触れるようにして立ったままの多鶴はそう言うと、奈良奉行と奈良代官の後ろに控えている落ち着いた様子の老人たちを指差してみせた。

「この恰幅《かっぷく》の良い野武士面《づら》が若い頃からこの祖母《ばば》を好《す》いておった惣年寄《そうとしより》筆頭の石井九郎兵衛《いしいくろべえ》（実在）、その隣が上町代《かみちょうだい》の高木又兵衛《たかぎまたべえ》（実在）、そして下町代《したちょうだい》の藤《ふじ》田市左衛門《たいちざえもん》（実在）じゃ」

三人がそれぞれ黙ったまま深深と頭を下げてゆき、美雪はにこやかにそれに応《こた》えた。

多鶴が付け加えた。

「この大和国《やまとのくに》には惣年寄が三人、上町代が二人、そして下町代が三人おる。この八人から成る惣年寄、上町代、下町代が大和国《やまとのくに》の行政・司法を、奉行や代官の下でどのように担《にな》っているかについては、明朝の朝餉《あさげ》の時にでもこの祖母《ばば》が話して聞かせよう。それでよいの美雪や」

「結構でございまする、お祖母様《ばばさま》」

「ひと言だけ追加させて下さりませ、お祖母様《ばばさま》」

奈良奉行が上体をねじって後ろを振り返り、多鶴と目を合わせた。

「なんじゃな溝口。長話は困りまするぞ」

「はい。ひと言でございます」

答えて溝口豊前守は美雪の方へ姿勢を改めた。

「今お祖母様《ばばさま》が申されました八人から成る惣年寄、上町代、下町代を肩書き無きお立場で統括なされておられるのが、この曽雅家、いえ、お祖母様《ばばさま》でいらっしゃいます。この事実を忘れましては、大和国《やまとのくに》の司法・行政の細部にわたる説明が容易に成り立ちませぬことを、どうぞ美雪様、ご認識なさって下さりますよう、この溝口お願い申し上げます」

美雪は、微かに目で頷くかたちで応《こた》えた。次第に判ってくる曽雅家の「凄さ」により、曽雅家の人人の身形《みなり》の質素さや、食生活の「貧しい」と表現してもいい程の簡素さが判ってきたような気がする美雪である。大和国《やまとのくに》の人人の前では曽雅家の者は親族も含めて決して権威的であってはならぬ、威張ってはならぬ、ということを。

そして、お祖母様《ばばさま》が奈良奉行や奈良代官に対し、怯《おび》えも恐れも見せずに「溝口」「鈴木」と呼び捨てにしているのは、二人が幕府の高級官僚だからであろう、と察した。加えて「溝口」「鈴木」の人柄をいたく気に入り、全幅の信頼を寄せているらしいことも判ってきた。

美雪は「溝口」「鈴木」及び三人の町役《ちょうやく》に気持を引き締めて接しつつも、清《すが》清《すが》しく心地よい感情に次第に包まれてゆく自分を感じていた。

五

昼間はどこもかしこも真紅《しんく》色に炎《も》え上がっている大和国《やまとのくに》の秋が、夜を深めるにしたがって冷えを強めていった。

美雪は「今頃の季節になると雪代はこれを使って寝ていたのじゃ」と、お祖母様《ばばさま》が差し入れてくれた薄手の掻巻《かいまき》の袖《そで》に腕を通し、亡き母との在りし日日を思い出しながら、大和国《やまとのくに》の最初の夜の濃い静けさに体を溶かしていった。

「本当に静かだこと……」

呟くのが怖いほどの静けさであったから、美雪はその言葉を胸の内に押し止《とど》めた。秋虫の鳴《な》き声ひとつ聞こえてこない。「この屋敷の少し荒れ気味な広い庭にはな美雪、綺麗に鳴いて心を癒してくれる鈴虫が沢山棲《す》んでいるのじゃぞ。夜が更けると聞こえ出すその鳴き声を楽しむがええ」と言ってくれたお祖母様《ばばさま》なのに、りーんりーんと特徴あるその美しい鳴《な》き音《ね》は、未だ聞こえてこなかった。

美雪は心地よく微睡《まどろ》んでいった。掻巻のぬくもりに亡き母の温《あたた》かさを感じ甘ずっぱい甘えの気持が静かにこみあげてくるのを抑えられなかった。あの美しい母に今一度だけでもよいから会いたい、と思った。

と……りーんりーんという鳴《な》き音《ね》が耳に伝わってきた。幾匹もが鳴いているのではなく、たったの一匹が鳴いているらしいと判る澄んだ鳴き音だった。どことのう淋《さび》し気《げ》な鳴き様《よう》だ。

美雪は神経質な鈴虫に気取《けど》られてはならぬと気遣いつつ寝床の上に体を起こし、掻巻の袖に通した両腕で胸をそっとかき抱《いだ》いた。近頃「少し太ってしまったのであろうか」と心配になるほど、湯船に映る乳房に膨《ふく》らみの豊かさを感じている美雪である。

(あら……床下から?)

障子をとおして雨戸の向こうから聞こえてくるのかと思ったが、そうではなかった。注意深く耳を澄ますと間違いなく枕元の小行灯《こあんどん》の下あたりから聞こえてくる。

か細い明りを点している小行灯がジジジッと油を弾かせた小音《こおと》を発したが、

鈴虫は鳴き続けた。

廊下の床板が微かに軋《きし》んだのはこの時であった。が、鈴虫は鳴きやまない。

「誰じゃ」

と、美雪が鈴虫への気取りを忘れず物静かに誰何《すいか》すると囁《ささや》き声が返ってきた。

「忠寛《ただひろ》でございまする。何ぞ変わったことはありませぬか」

「ありませぬが、如何《いかが》いたしました」

「壁を透して微かに人の気配を捉えましてございまする」

「私《わたくし》であろう。心配はいりませぬ。いま寝床に体を起こして鈴虫の鳴《な》き音《ね》を聞いておる」

「明日は早《はよ》うございまする。充分に体をお休めなされますように」

「判りました。世話をかけましたな」

「それでは……」

もう一度廊下の床板が小さく軋んで人の気配が消え、今度は鈴虫も警戒してか鳴き止んだ。

障子の外は幅五尺余の廊下の部分と、幅三尺余の濡れ縁（広縁）の部分とから成っていた。雨戸の敷居はその廊下と広縁の間を走っている。

美雪が寝床に体を横たえると、そうと判った訳でもあるまいが鈴虫はまた直ぐに鳴き出した。

美雪は天井で揺れている小行灯の明りを見つめながら鈴虫の音《ね》に心を預けて「先生……」と呟いた。三日に一度通っているという堀端一番町の御公儀学問所「史学館」の老教授の教えとか顔とかを、思い出しでもしているのであろうか？

なにしろ大和国《やまとのくに》入りして肌に感じたことは、想像をはるかに絶する歴史の重さ厚さに覆われた土地、という事であった。世の中知らずの江戸者《えどもの》として思い知らされた、とも思った。

江戸は何と大田舎《おおいなか》であることよ、という気さえした。

お祖母様《ばばさま》ひとりを眺めてさえ、未解明な歴史の大きさをしみじみと感じざるを得ない美雪である。幕政にとって重要な遠国奉行の一つである奈良奉行溝口豊前守信勝や奈良代官鈴木三郎九郎を、事《こと》も無《な》げに「溝口」「鈴木」と呼び捨てるお祖母様《ばばさま》の背後には、大き過ぎる怪異な歴史が隠れているかも知れない、と美雪は自分を戒《いまし》め出してさえいた。

（それにしても甘樫山《あまかしのおか》に突然現われた紫檀色《したんいろ》の十五名は、一体何者であったのかしら……）

声に出して呟けば忠寛がまた動き出そう、と気遣って胸の内で呟いた美雪だった。刃向かってこなかったから敵ではないとは断定できず、したがって一層のこと十五名を、美雪は「不気味な相手」と位置付けざるを得なかった。

あのとき若し双方が闘っておれば、「こちら側」は皆倒されていた可能性がある、と見えていたような気さえする。

「こちら側」で最も腕の立つ練士は、西条家の家老戸端元子郎《とばたげんしろう》の嫡男《ちゃくなん》忠寛で、三十歳を迎えたばかりの忠寛には妻と男児二人がいた。文武に熱心な実直な性格は西条家の家臣の誰からも信頼され親しまれている。

剣術は念流《ねんりゅう》の皆伝（免許皆伝）を極めていた。

（けれど……紫檀色の十五名はことごとく、忠寛よりも剣術の腕は遥《はる》かに優れていたような気が……ただ、そう感じただけだけれど……）

もし、自分のこの推量が当たっていたなら、十五名は生半《なまなか》ではない集団ということになる。父上様、美雪は何とのう心細《こころぼそ》うございます、と美雪は小さな溜息をついた。その溜息が、今一番望みたい誰かに頼ろうとしていることからきている、と美雪には判っていた。判っていたからこそ、小行灯の明りが揺れる天井を見つめながら、心の乱れが抑えられなかった。

(先生……お会い致しとうございます)

せめて先生にひと声かけて江戸を離れるべきであった、と美雪は後悔した。自分に与えられた御役目の重大さゆえに、旅立ちについては、西条家の家臣たちの間でもごく一部の重役しか知らないようにしてきた。

またしても、障子の向こうで廊下が軋んだのは、この時であった。

「美雪様。佳奈でございまする」

佳奈の早口なその声に美雪は只ならぬ事態の訪れを察して、素早く寝床の上に体を起こした。

「何事かありましたか」

「屋敷内に不審の者が侵入したやも知れませぬ。恐れながら事態に備えて動きやすい身形にお調《ととの》え下されませ」

「侵入したやも知れぬ、とは不審の者の姿影《しえい》は確認できておらぬということですね」

「只今、忠寛様ほか二名が、異様な叫び声が生じたる表御門の方へ確かめに向かいましてございまする」

「叫び声？……私《わたくし》には聞こえませなんだが」

廊下の佳奈と遣り取りを交わしながら寝床から出た美雪は、夜着をはらりと足元に脱ぎ下ろすと、素早く枕元に備えてあった武士《ぶし》白衣《びやくえ》（侍の着流し）に着替えにかかった。東海道のどの宿でいつ何時《なんどき》、夜中に何事が生じるかも知れぬことに備えて、夜着を手早く着替える訓練まで積み重ねてきた美雪たち一行《いっこう》十名である。

美雪は納戸色の着流しの上から、平安織の角帯を寸尺の手誤りも無くきりりと締め上げると、床の間の前に正座をした。そしてあの長形な白木の箱に一礼をするとその蓋《ふた》を開けて将軍家綱の銘が入った名刀を取り出すや、立ち上がってそれを手動き鋭く帯に差し通した。

帯が鋭く擦《こす》れ鳴って、障子の外で「美雪様……」と、佳奈の不安そうな声がした。

その呼び掛けを聞き流した美雪は、床の間の二段の刀掛けに掛けてあった自分の刀のうち、小刀を取り上げて帯に通し、大刀を白木の箱に納めて蓋をした。

美雪は静かに障子を開けて廊下に出た。東海道の旅を茶筅総髪《ちゃせんそうはつ》（髪を後ろで束ねて垂らした髪型）で通してきた髪型は未だそのままである。

廊下には、佳奈の左右に芳乃、留伊の二人も控えていた。芳乃の左後ろ側の雨戸が半開きになっている。

「忠寛と共に表御門の方へ行ったのは誰と誰なのじゃ佳奈」

「はい。涼之助様と小矢太様のお二人でございます」

「あとの三名は？」

「いま庭に出て篝火《かがりび》に火を点す作業を致しております る」

「表御門の方で生じたという異様な叫び声とは、悲鳴であったのであろうか」

「それについては判っておりませぬ」

「忠寛、涼之助、小矢太の三人は大丈夫であろうか。明日の大事な御役目を控えて心配でなりませぬ」

「忠寛様をはじめ、他の御二人も念流の皆伝者でございます。万が一、という心配にはならぬと確信致しておりますけれど」

「そうだといいのですが」

美雪は掛行灯が続いている長い廊下の薄暗い向こうへ、不安そうなまなざしをやった。表御門の方へ向かったという三人の念流皆伝者のなかでも、美雪は目立って小柄で軽量な体格の涼之助の身の安全を心配した。実戦的な鋭利な業で免許皆伝者になったというよりは、小業《こわざ》の器用さを評価されての剣士であることを知っている美雪だった。西条家の用人、山浦六兵衛《やまうらろくべえ》の嫡男で二十二歳とまだ若く気性もどちらかと言えば大人しい方で独《ひと》り身《み》である。

もう一人の小矢太は、西条家の足軽頭土村利助《つちむらりすけ》の二男で、剣術は忠寛に負けず劣らずであったから、美雪はさして心配しなかった。

「芳乃、留伊、雨戸をあと何枚か開けなされ。こうなれば庭が見渡せた方がかえって用心のためには宜しいでしょうから」

「承知致しました」

と答えたのは佳奈で、芳乃と留伊を促して雨戸を開け始めた。

篝の中で油を染み込ませた薪《まき》が炎を立ち上げるのは早かった。

「雪代の間」に面した庭がたちまち赤赤となってゆく。

全ての篝に火を付け終えた三名の家臣が、広縁の前まで戻ってきて美雪に軽く一礼をしたあと、くるりと背中を向けて庭を見まわした。

美雪に見せた後ろ姿が、肩を力ませている。

剛と剛の打ち合う響きが伝わってきたのは、この時であった。

「うおっ」という叫びとも呻《うめ》きともつかぬ野太い声も聞こえ出した。

「切り結んでいるようじゃ。広常《ひろつね》、大学《だいがく》、彦十郎《ひこじゅうろう》、ここは宜しいから表御門へ急ぎなされ」

美雪の端整な表情が、きっとなる。

「なれど……」

と、三人の中で年長者に見える一人が振り向いて迷った。

「広常、ここは大丈夫です。佳奈も芳乃も留伊も武練の者が相手とて、後《おく》れは取りませぬ。表御門が破られたら一大事じゃ。御門近くの居間をお使いのお祖《じ》父様《いさま》やお祖母様《ばばさま》に若《も》しもの事があってはならぬ」

「判りました。それでは充分に御用心下されますよう」

「急ぎなされ」

「はっ」

三人の家臣は表御門に向けて脱兎《だつと》の如く駆け出すと、たちまち篝火の無い庭の暗闇に溶け込んで見えなくなった。

それを待たずに佳奈が言い放った。強い意思を込めたかのような口調であった。

「芳乃、留伊、この様な場合の例の備えです。持ってきなされ」

「心得ましてございます」

芳乃が応じ、留伊と共に自分たちが使っている座敷へ駆け込んだ。

出てきたとき二人の腰にはやや短めの大刀が通され、もう一刀が芳乃の手に握られていた。二人とも襷掛《たすきが》けとなっている。

芳乃から刀を受け取った佳奈がそれを腰に通し、矢張り素早く襷掛けとなった。

表御門の方から、男の悲鳴が伝わってきた。今度は明らかに悲鳴以外には聞き取れない声の響きであった。

不覚を取ったのは誰なのであろうか。屋敷への侵入者なのか、それとも「こちら側」の誰かなのであろうか。

美雪は、今にも崩れていきそうになりかける心身を、然《さ》り気《げ》なさを装って踏ん張った。

大和国《やまとのくに》へ入った一日目の夜からこのような状況では、大事な御役目を負った明日は一体どうなるのであろうかと不安が膨らんでいく。

(先生……美雪をどうかお助け下さい)

この願いが、この不安と恐れが、江戸へと届いて下さいますように、と美雪は祈った。はっきりと、神への祈りであった。その神こそが、心の中で「先生」と一体であった。

佳奈が、はっとしたように掛行灯が点っている廊下の向こうを見た。

廊下を踏み鳴らして、足音が近付いてくる。走っていると判る只事《ただごと》でない足音であった。

「芳乃、留伊……」

佳奈に目配せされた二人の腰元が、阿吽《あうん》の呼吸で左右から美雪を挟んで腰の刀の鯉口《こいぐち》を切った。

佳奈が美雪から数歩を離れ、近付いてくる足音に向かって立ち塞がった。

薄暗い廊下の向こう角に、刀を右手の侍が姿を現わした。

「佳奈、小矢太じゃ」

美雪が佳奈の背に告げると、佳奈が「はい」と頷いた。

芳乃と留伊が篝火《かがりび》で赤赤となった庭へ油断なく視線をやった。

小矢太が佳奈の横を擦り抜けるようにして、呼吸《いき》荒荒しく美雪の前に立ち一礼をした。着衣の襟元を斜めに一尺ばかり切り裂かれているが、どうやら切っ先は躰《からだ》に達していないようであった。

「大丈夫ですか小矢太」

「美雪様。心配いりませぬ。野盗十三名のうち七名を倒し六名は逃走致しましてございまする」

「なんと。野盗と言いましたか」

「はい。我我と共に勇敢に闘いました御屋敷の下僕たちが、そのように申しております」

「お祖父様《じいさま》やお祖母様《ばばさま》に大事はありませなんだか。家族の者や下僕たちは？」

「御前様《ごぜんさま》お二人（祖父母の意）は気丈になさっておられまする。その他ご家族の皆様もご無事で、下僕の一人が手首に軽い傷を負うたのみでございます」

「それにしても野盗とは一体……」

「さて、我らには詳しいことは判りかねまする。余り立ち入って下僕たちに聞き糺《ただ》すのも西条家の家臣である我らの立場と致しましては……」

「私《わたくし》がお祖父様《じいさま》とお祖母様《ばばさま》に聞いて参りましょう。忠寛他四名の者も手傷ひとつ負うてはおらぬな？　小柄な涼之助はどうじゃ」

「我ら家臣は誰も手傷は負うてはおりませぬ。小柄と雖《いえど》も涼之助殿はさすが西条家御用人山浦家の御嫡男。一人で二人を倒されましてございます」

「皆、無事で何よりです。忠寛他四名は今、何を致しているのです？」

「逃げた野盗六名が引き返して来ないか、楼門の外に出て警備を致しておりまする」

「奈良奉行所へは、屋敷の誰かが報《し》らせに走ったのであろうな」

「さて、それは……」

小矢太が首を小さく捻《ひね》ったところへ、庭の暗がりの真向《まむ》こうから篝火の明りの中へ、強張った表情の義助《ぎすけ》が足早に現われて広縁に近付いてきた。腰に昼間とは違って、やや長めの脇差を帯びている。

「義助、怪我《けが》はありませなんだか」

「はい、美雪様。私は大丈夫でございます。忠寛様ほか家臣の皆様の御蔭で大事にならず済《す》みました」

言い終えて、生唾をひとつ呑み鳴らした義助だった。無理もないが、怯《おび》え様《よう》が尋常でない。

「お祖父様《じいさま》、お祖母様《ばばさま》、ほか御家族の皆様ともご無事で何よりでした。それにしても義助、押し込んで来たのは一体、何者なのです？」

「実は、ここ二、三年に亘《わた》り、畿内《きない》（大和《やまと》、摂津《せっつ》、河内《かわち》、山城《やましろ》、和泉《いずみ》）の各所におきまして庄屋邸を狙っての十数名からなる集団の押し込みが続発致しております」

「まあ、そのようなことが……」

篝火の赤赤とした明りの中、美しい美雪の表情に不安が広がった。

「ご心配をお掛けして申し訳ございません。この大和国《やまとのくに》では奈良奉行の溝口様や奈良代官の鈴木様による熱心な見回りもございまして、これ迄《まで》に一度として押し込み騒ぎは発生しておりませんでした。それが今宵、よりによって美雪様ご滞在の曽雅邸が狙われるとは……油断致しました」

「何も其方《そなた》の責任ではありませぬ」

「いえ、曽雅家の下僕頭を務めさせて戴いている私の下には、十八名の下働きがおりまして……」

「それについては、夕餉《ゆうげ》の席でお祖母様《ばばさま》より詳しく聞いております。義助とその下にいる下働きの男手たちは、田畑での農作業に精を出し、この古過ぎる屋敷の営繕にも濃《こま》やかな才能を発揮し、屋敷の夜間の警備にも常に気力を注いでくれていると」

「恐れいります」と、義助が肩を小さく窄《すぼ》めた。

「畿内で続発しているとか申すその押し込みは、一揆《いっき》の前触《まえぶ》れとかではありませぬのか。田畑の実りや民百姓の生活ぶりはどうなのです？」

「一揆の前触れとは到底考えられませぬ。美雪様御一行が甘樫山《あまかしのおか》から眺めて下さいましたように、大和国《やまとのくに》の田畑はここ三、四年、天候に大変恵まれたこともありましてそれなりに実り豊かでございます」

「確かに実り美しい田園の風景でありましたねえ」

「はい。それに美雪様。この大和国《やまとのくに》の秋は大粒の柿などが大層豊かに実りまする。これの副収入もかなりになりますことから、民百姓の飢えが原因の一揆の発生は今のところ心配ないと私のような学《がく》の無い者でも判断できておりますが」

「今宵の騒動が金品を狙う荒荒しい野盗の集団によるものだとすれば、この曽雅家が今後再び襲われる危険がありましょう。押し込まれた庄屋がこれ迄に受けた被害の実態というのは、どのようなものなのですか」

「金品をそれこそ根刮《ねこそ》ぎ近く奪い、あるいは年寄りや女子供を拉致して、更に金品を追加で要求するという凶悪ぶりでございます」

「なんと恐ろしい。で、命を奪われた者は？」

「幸《さいわ》いと申しますか、不思議と申しますか。押し込みの荒荒しさの割には、命を奪うような残酷さは今のところ見せていないようでございます。手向かいした者が軽傷を負わされる程度で……」

「今宵の侵入者の身形風体《みなりふうてい》を出来る限り詳細に聞かせて下さい」

「残念ながら人相などは判りませぬ美雪様」

「覆面でもしていたのですか？」

「は、はあ……」

「どうしたのです？……頭巾《ずきん》で顔隠《かおかく》しでもしていたのですか。聞かせて下さい義助」

「そ、それが……美雪様」

義助の口元が苦し気に歪《ゆが》んだ。

「それが……どう致しました。お話しなされ義助」

「押し入った者たちは全て大小両刀を帯び、首から上は黒い覆面で隠し、目窓は目の部分だけを小さく丸く開けてございました」

義助の言葉に、小矢太が「その通りです」という顔つきを美雪に向けて頷いてみせた。

「小矢太の報告ですと押し入った者は十三名、うち七名を倒したとのことですが、人相などはどうなのです義助。覆面を剝《は》ぎ取《と》ってみましたか」

「いいえ。御当主様と御前様（お祖母様《ばばさま》）の御指示で下僕二人が奈良奉行所に向けて当家の馬を走らせましたゆえ、覆面を剝ぎ取るのは御役人が見えてから御役人自身の手で、ということになっております」

「凶悪な事件ゆえ、なるほど、その方が宜しいでしょうね。では、お祖父様《じいさま》とお祖母様《ばばさま》に今から少しお目に掛かって参りましょう」

「あ、いえ、美雪様……」

と、義助が制止するかのようにして右手を軽く上げ、広縁との間をやや慌て気味に詰めた。

美雪が「え？……」という表情で義助を見る。

「御前様のお言葉を先にお伝えすべきでございました。御前様のお言葉通りに申し上げますると『お祖母《ばば》もお祖父《じい》も無事で何の心配もないから広くて暗い屋敷の中を歩き回ってはならぬ。明日の大事な御役目に備えてゆっくりと眠り、長の旅で消耗した体力の回復にひたすら努めるように』とのことでございます」

「ひたすら……とお祖母様《ばばさま》は申されましたか」

「はい。申されましてございます。また、この義助も左様に思います」

義助の言葉に、小矢太がまた頷いてみせた。深深と。

「判りました。ならば、お祖母様《ばばさま》のお言葉に従いましょう」

「ここからは暗くて見えませぬが……」

と言いながら義助が後ろを振り返って、篝火の明りが届いていない広い庭の向こう——暗がり——を指差した。

「あの辺りの闇に潜むようにして、この屋敷でも屈強の下僕を八名、刀と槍を持たせ『一睡もしてはならぬ』と、配置してございますから、美雪様の御寝所は安全でございます。どうかご不安なくお休み下さいますように」

「気配りを有り難う義助。それでは、素直にお言葉に甘えましょう」

「あ、それから……」

と、義助はまたしても生唾を呑み鳴らし、息苦し気な表情を拵えた。眉と眉の間に深い皺を刻んでいる。

美雪が広縁の端まで寄って、冷たい板の上に美しく正座をした。

「さきほど、頭巾で顔隠しでもしていたのですか、と訊ねたとき義助の表情がどことのう苦しそうでありました。私《わたくし》にまだ打ち明けていないことがあるなら、聞かせて下さい。何があったのです」

「実は、押し入った十三名ですが、その内の……」

そこで義助は言葉を切って、小さく息を吸い込んだ。

美雪は右手斜め後ろの廊下に片膝ついて控えている小矢太を振り返り見た。

義助が何を言わんとしているか小矢太はひょっとして見当がついているのでは、と思っての事であったが、小矢太は美雪と目が合うとはっきりと首を横に振ってみせた。むつかしい表情で。

「その内の……が、どうしたのですか義助？」

「一人だけが、明らかに頭《かしら》と思われる一人だけが、全身を紫檀色の装束で包んでおりました」

「なんと、真《まこと》ですか」

と、美雪が驚き、そばに控える小矢太と三人の腰元たちの間にも衝撃が走って顔つきが変わった。

義助が言葉を続けた。

「気のせいかも知れませんが、体つきまでが甘樫山《あまかしのおか》に現われた紫檀色の頭《かしら》に大変似ておりました。さらに腕組をした仁王立ちの姿までが、そっくりで……」

「見誤りではありませぬな……」

「美雪様のお目にも留まっていると思いまするが、楼門より屋敷の玄関式台に至る石畳の通りの四か所に、外灯用として大きな古い石灯籠が設けられております」

「はい、確かに目に留まっておりました」

「玄関式台に最も近い位置にある石灯籠の脇に、その頭《かしら》らしき紫檀色は立っていたのでございます。まるで『よく見よ』と言わんばかりに昂然《こうぜん》と腕組をして仁王立ちだったのでございます。石灯籠の赤赤とした明りを浴びまして」

「そのこと、もうお祖父様《じいさま》やお祖母様《ばばさま》に報告したのですか」

「滅相もございませぬ。紫檀色の十五名につきましては、美雪様から御当主様、御前様（お祖母様《ばばさま》）へ報告なされたかどうか確認せぬ内には、私の口から勝手なことは申せませぬ」

「判りました。紫檀色の十五名については、佳奈ほか二名の侍女へは詳しく伝えましたが、お祖父様《じいさま》とお祖母様《ばばさま》へは余計な心配をかけてはならぬ、とまだ伝えてはおりませぬ。明朝、朝餉の時にでもなるべく心労を与えぬかたちで打ち明けておきましょう」

「その方が、ようございます」

「義助の戻りが遅いと、先を読むことに鋭いご性格と思われるお祖母様《ばばさま》が、また何かと考えをお巡《めぐ》らしになりましょう。美雪は取り乱すことなくゆっくりと休みまするからと、早早にお祖母様《ばばさま》のもとへ引き返して、お伝えして下され」

「承知致しました。それでは、これで……」

「ご苦労でした」

　義助が足早に引き返し、暗がりの中へと消えていくのを見届けて、美雪は小矢太と佳奈たち腰元に向け穏やかの中にも厳しさを込めて言った。

「小矢太も佳奈たちも、今宵は御苦労ですが屋敷の警備に打ち込むように。義助ほかの者たちが一睡もせず警備するというのに、それに甘えてはおれませぬゆえ」

「もとより、その積もりでございます」

と、きびきびとした口調で答えたのは、男の小矢太ではなく佳奈であった。ひと呼吸答えが遅れた小矢太が、その遅れを取り戻すかのようにして「はい」と力強く頷いてみせた。

美雪が腰の刀をひと撫《な》でした。

「私《わたくし》も今宵はこの刀を肌身につけて、朝を迎えると致しましょう。それにしても、あの紫檀色十五名の頭《かしら》が、今宵の押し込み十三名を統率していたというのであろうか……不安でなりませぬ」

美雪の気持は、救いを求めるかのようにして、「あの方《かた》」がおられる遠い江戸へ飛ぶのであった。

六

「お祖父様《じいさま》、お祖母様《ばばさま》、それでは行って参ります」

「気を付けてな。大神神社《おおみわじんじゃ》での御役目をきちんと果たすのじゃぞ美雪や」

「美雪はこの祖母《ばば》の孫じゃ。大丈夫、大丈夫、心配ありませぬよお祖父《じい》」

楼門の内側で大勢の家族、下働きの者たちに見守られながら、囁きに近い声で話を交わす三人だった。

「油断なきように致しまするから……」

美雪がお祖母様《ばばさま》のからからに干《かわ》いた皺《しわ》だらけの手を取って頷くと、お祖母様《ばばさま》は体を少し横に開くかたちで、後ろに控えていた四十半ば過ぎくらいに見える女性に「これ、小梅《こうめ》や……」と短く声をかけた。

「はい、お母様……」と応じた質素な身形のその女性——若い頃はおそらく男衆《おとこし》の視線を集めたに相違ないやさしい美貌の——が、横に並んでいた矢張り質素な身形の同じ年頃くらいの男の手から、四角な風呂敷包みを受け取った。かなりの大きさだ。

「足りるかどうか判りませぬが、七人分の梅干《うめぼ》しのお握りをつくりました。米麦粟をまぜ合わせたお握りですが持ってゆきなされ」

「これは伯母上様《おばうえさま》、お手を煩《わずら》わせて申し訳ありませぬ。遠慮なく嬉しく頂戴いたしまする」

美雪は、亡き母雪代の実の姉で曽雅家の長女である伯母小梅《こうめ》の手から、ずっしりと重い握り弁当を受け取った。横に立っていた見るからに温厚そうな男は、曽雅家へ婿に入って小梅の夫となった比古二郎《ひこじろう》である。

生駒の山向こうの大庄屋大野比古右衛門《おおのひこえもん》の三男であると、今朝になって「雪代の間」での朝餉の席で、お祖母様《ばばさま》から教えられた美雪であった。

伯母夫婦には娘ばかり五人もの子がいる、と昨日道道《みちみち》、義助から聞かされている美雪であったが、まだ五人の誰とも引き合わされていない。

お祖母様《ばばさま》が間に立って伯母夫婦に引き合わされたのも、朝餉を済ませて半刻ほど後《のち》の、七人の出立《しゅったつ》の準備が整った頃であった。

したがって美雪がようやく理解できたことは、この曽雅家においては誰が誰と何時《いつ》何処で会うかは常にお祖母様《ばばさま》が取り仕切っているらしい、という事実だった。

つまりそれにかかわる調整権も決定権も、御当主のお祖父様《じいさま》ではなくお祖母様《ばばさま》が握っている、という事である。

腰元たちを加えた一行十名は、お祖父様《じいさま》、お祖母様《ばばさま》、そして小梅の三人に見送られるようにして古くて宏壮な、傷《いた》みの目立つ楼門の外へと出た。小梅の婿（夫）比古二郎はそれが曽雅家の家律《かりつ》（家の規則）なのであろうか、楼門の外へは出てはこなかった。おそらく、美雪とは血のつながりが無いからであろう。

曽雅家が「血」を重視している何よりの証である。

「伯母上様。お祖父様《じいさま》とお祖母様《ばばさま》のこと色色と宜しく御願い致しまする」

美雪は弁当を確《しっか》りと胸に抱くようにして、二重《ふたえ》の目や形よく通った鼻すじが亡き母とよく似ている伯母の小梅に向かって、丁重に頭を下げた。

「まあまあ、千里《せんり》の彼方《かなた》にまで旅立つようなことを心配気《げ》に申されて……御役目を無事に終えなされたら、色色な名所を少し観《み》て回ったとしても、日が落ちる迄には充分に此処へ戻ってこられましょう。母が（お祖母様《ばばさま》のこと）今宵はささやかに宴の席を整えて下さりましょうから、その席で家族の皆やこの屋敷で古くから住まう縁戚《えんせき》の者たちを私《わたくし》が母に代わって紹介致しましょう」

小梅のその言葉に、お祖母様《ばばさま》が目を細めて美雪を見つめつつ頷いてみせた。

「それでは、行って参ります」

「油断せずに行っておいで。よいな、油断するでないぞ。曽雅家の血筋の者として、確りと御役目を果たすのじゃ。判ったな」

多鶴は美雪に近付くと、やや背伸びをするかのような姿勢を見せて、美雪の頬を両手で挟んだ。

美雪が可愛くてたまらぬ、というような優しさであった。

「はい、お祖母様《ばばさま》。決して油断は致しませぬ……ご安心下さい」

朝餉の席で、お祖父様《じいさま》とお祖母様《ばばさま》に対し、甘樫山《あまかしのおか》に突如として出現した紫檀色の十五名については未《いま》だ打ち明けていない美雪であった。お祖父様《じいさま》よりも、気丈であると思っているお祖母様《ばばさま》の方がひょっとすると大きな衝撃を受けるかも知れないと考え、「御役目を終えて戻ってから打ち明けても遅くはない……」と、美雪は思い直したのだった。

一行十名は、楼門に背を向けて歩き出した。出発前には「雪代の間」で短い打ち合わせではあったが、色色と話し合い改めて意志の統一を図《はか》った十名である。

「皆、前に向かってしっかりと歩みなされ。決して振り返ってはなりませぬ。お祖母様《ばばさま》が心配を深めなさいましょうから」

楼門から少し離れた辺りで、美雪は誰にともなく小声で告げた。

「はい。仰る通りでございます」

忠寛が矢張り小声で即座に応じた。

今朝の美雪と六名の家臣は塗一文字笠をかぶってはいなかったが、大和国《やまとのくに》へ入ったときと全く同じ身形であった。忠寛は〝筵巻《むしろまき》〟を再び背負い、美雪は茶筅総髪《ちゃせんそうはつ》の華奢には見えるが凛とした若武者姿だった。むろん、伯母の手になる弁当を胸元に抱き、短めだが大小刀を腰に帯びてもいる。三人の腰元は小袖を着て帯に矢張り短めの大刀を差し通し、それを隠すようにして上から薄手生地の掻取《かいどり》（打掛長小袖）を羽織っていた。

その腰元三人を最後尾とする十人は小矢太を先頭に立て、美雪を間に挟むかたちで黙黙と歩いた。昨日は石上神宮《いそのかみじんぐう》より大和国《やまとのくに》へ入って甘樫山《あまかしのおか》へ至る途中で、義助の案内により大神神社《おおみわじんじゃ》の前を通り過ぎている。したがって今日は道案内は要《い》らず、義助の姿は一行の中にはなかった。それに、大神神社《おおみわじんじゃ》への御役目は四代様（四代将軍徳川家綱）に命じられての重要な御役目であったから、余《よ》の者（他の者の意）を同行させる訳にはいかない。

今朝の空も気持のよい快晴であった。昨日と同じように空には浮雲ひとつ無い。透《す》き通るように真っ青な秋の空だ。

「のう、忠寛……」

かなりを歩き続けた辺りで美雪は直ぐ後ろに従う忠寛に、控えめに小声をかけた。

「はっ」と、忠寛が美雪との間を詰めて、その背中へ遠慮がちに迫る。

「出立前の打ち合わせでも申しましたが、義助が見た昨夜の侵入者の中にいたという紫檀色の賊男《ぞくおとこ》。甘樫山《あまかしのおか》に現われた紫檀色とつながりがあるのでしょうか。私《わたくし》は不安でなりませぬ」

前を向いたまま小声で話す美雪であった。

「全く同じ紫檀色の装束であったのかどうか、明るい陽の光の下《もと》で確かめてみないことには、うっかりした判断は下せませぬ。義助が見たのは、あくまで夜の篝火の明りの中で『紫檀色に見えた』ということでございまするから」

「そうですね。私《わたくし》もひょっとして夜中の赤赤とした篝火の色で、義助の目には紫檀色に見えただけのことかも知れない、と思ったりしています」

「その可能性は強い、と私《わたくし》としても考えておりました。けれども美雪様、油断は禁物でございます」

「ええ、油断だけはしないように致しましょう」

「はい……さ、お弁当をお預り致しましょうか」

「そうですか。すみませぬな」

「お任せを。はい」

忠寛は真顔で頷いて弁当を受け取り、また美雪との間を元のように空けて、やや斜め後ろへと退がった。

ほんの一瞬のことであったが、このとき忠寛の視線が美雪のそれこそ雪肌のように白い後ろ耳のあたりへ注がれた。

忠寛が明らかに頬を少し赤らめて生唾を呑み下し、だが己《おの》れのその無様《ぶざま》さに少し慌てたのか、ぷいっと顔を横へ向けてしまった。誰にも気付かれなかった、忠寛の小さな狼狽《うろたえ》の様子《ようす》であった。

「あなた様は必ず私が護《まも》って御覧にいれます。我が命を盾《たて》としてでも必ず……」

忠寛は微かに唇を動かし、胸の内で呟いてみせた。その呟きで、これ迄に経験したことのない熱いものが火柱となって背中を貫き走ったのを、忠寛は感じた。

そのためか、先程の小さな狼狽《うろたえ》が急速に膨らんでいく。

（三十男の貴様は一体何を考えておる。江戸には愛する妻子がおるではないか馬鹿者がっ）

己《おの》れを叱咤した忠寛は思わずギリッと歯を噛み鳴らした。が、これは明らかにまずかった。

前を行く美雪が、ぴたりと歩みを止めて振り返った。それにより、当然のこと一行の歩みも止まった。

「どう致しましたか、忠寛」

「は？」

と、今度は忠寛の顔からさあっと血の気が失《う》せた。

「いま歯噛みの音が、微かに私《わたくし》の耳に届きましたよ」

「あ、いえ、何事もございませぬ。申し訳ありません。無作法でございました」

「江戸から大和国《やまとのくに》まで自身の大小刀の他に、もう一本格別な大刀《かたな》を背負うて旅を続けたのです。疲れがかなりなのではありませぬか」

「平気でございます。ご心配、恐れいります」

「顔色がよくありませぬ。風邪《かぜ》でもひいたのであれば、早目に薬を服用せねば……どれ、おみせなされ」

美雪は忠寛に歩み寄ると、その白い掌《てのひら》を西条家の家老戸端元子郎《げんしろう》の嫡男忠寛の額《ひたい》に触れた。

忠寛は、もう蒼白であった。今朝になって不意に不安定さを覗《のぞ》かせ始めた己れの心の内を若しも知られたなら、西条家の家老に在《あ》る父元子郎の地位を危うくしかねないと思った。

「熱は無いようですが、体が少し震えているのではありませぬか。風邪の前触れであろうか」

「大事な御役目で大神神社《おおみわじんじゃ》へと向こうておりまするから、緊張に見舞われておりますことは確かでございまする、私は別段意識致しておりませぬが、無意識の内に体が小刻みに震えていると致しましたならば、その緊張のせいかも知れませぬ」

「そうじゃなあ。私《わたくし》とて緊張しておりまするから、私《わたくし》を護《まも》る役目を背負っている其方《そなた》は一層でしょう」

美雪はそう言うと、後列の方へ視線をやって、腰元の先頭の位置にあってこちらを見ている佳奈を、白い手をひらりとやさしくひと振り泳がせて手招いた。

佳奈が掻取の前を軽く押さえるようにして三人の侍の脇を擦り抜け、美雪の前に立った。

「佳奈、すみませぬが忠寛が抱えているお弁当は、其方《そなた》たちで代《か》わる代《が》わる持って下され。大事な物を背負う忠寛に少し疲れが集まっておるようじゃ。それに何時何事《いつなにごと》が生じるか判りませぬゆえ、忠寛の両手を塞がせておく訳にはいきませぬ」

「承知致しました。私の方から忠寛様に声をお掛けする積もりでおりました」

「そうでしたか。では頼みましたよ」

一行は再び歩み出した。さわやかな朝の陽《ひ》は目に眩しい程に降り注ぎ、朱色に染まった周囲《まわり》の山山の美しさに、緊張の中にも心の安らぎを覚える一行だった。

ただ、忠寛の青ざめた顔は、まだ元に戻っていない。やや苦しそうに己れの足元を見つめて歩いている。

（美雪様……あなたは美し過ぎます……余りにも……無慈悲な程に）

忠寛は足先へ視線を落としたまま胸の内で繰り返し呟いた。江戸では妻子が帰りを待ってくれているのに何という自分であろうか、と下唇を嚙んだ。

「昨日と今日とでは、この大和国《やまとのくに》の美しさが違《ちご》うて見えまするね」

美雪は遠く近くに広がる田畑や山山の美しさに、誰に対してという訳でもなく、おっとりとした口調で言った。

美雪の後ろに従う忠寛の青ざめていた頬に朱が差して思わず顔を上げ、しかし自分に対して話しかけてくれたのではないと判ると、直ぐに視線を落とし口元を歪《ゆが》めた。

そうとは露《つゆ》いささかも知らぬ美雪に対して、直ぐ前を行く小柄な山浦涼之助(西条家用人、山浦六兵衛の嫡男)が、大雑把《おおざっぱ》に粗書《あらが》きしたかに見える地図様《よう》のものを広げた姿勢で、上体だけを斜めに振り向かせてみせた。

足は止めていない。ゆっくりとだが、歩ませている。

「美雪様。御当主様が手ずからお書き下されましたこの地図によりますれば、飛鳥川《あすかがわ》を渡りどれ程か歩いた我我が現在《いま》、甘樫山《あまかしのおか》を背にするかたちで立っているのがこの辺りであると推測致しますると……」

そこまで言って粗書きの地図の一点を指先で示した涼之助が、ようやくのこと歩みを止めて全身を振り向かせ、美雪のために見やすいよう地図を逆さに持ちかえて示した。

「この先二つ向こうの畑中の道を右へ折れて進みまするとと、彼処《あそこ》……」

と、涼之助の指先が地図から離れて、美雪の右肩斜めの方向を指差した。

「彼処《あそこ》に見えまする三軒の百姓家の背中側に寄棟《よせむね》造りの古い屋根を覗かせておりまする寺院。若《も》しやあれこそが御先祖家ゆかりの飛鳥寺《あすかでら》（法興寺《ほうこうじ》または本元興寺《ほんがんごうじ》とも）ではございませぬか」

「まあ、あれが飛鳥寺なのでしょうか。今朝の朝餉の席で、江戸へ戻る迄には一度は必ず参拝する機会をつくりなされと、お祖母様《ばばさま》から強く申し渡されましたけれど……」

「御先祖、蘇我馬子《そがのうまこ》様（？～六二六。敏達《びだつ》から推古《すいこ》朝の大臣《おおおみ》）が推古天皇四年（五九六）十一月に、凡《およ》そ十年の歳月《さいげつ》を要して完成なされた寺であると伝えられてございます」

「よく学びの備えをして参りましたね涼之助。感心ですこと」

美雪は目を細めて、涼之助のために微笑んでやった。

「はい。飛鳥の地で美雪様との古代史《こだいし》に関するやりとりが確《しっか》りと出来るように学べ、と父から手厳しく言われましたゆえ」

「私《わたくし》も江戸の『史学館』で飛鳥寺については多少学んできております。けれども涼之助。蘇我馬子《そがのうまこ》様が建立《こんりゅう》なされた飛鳥寺は、都《みやこ》が『飛鳥京《あすかきょう》』として凡《およ》そ百年もの長い間、この飛鳥の地に存在していたからこそ安泰《あんたい》であった筈《はず》ではありませぬか」

「仰《おつしや》る通りでございまする美雪様。和銅《わどう》三年（七一〇）に都が飛鳥から平城京《へいぜいきよう》（奈良市北域。西大寺と法華寺に挟まれた広大な一帯）へ移されまするると、飛鳥寺も養老《ようろう》二年（七一八）に移されて、寺号を『元興寺』としたとか伝えられておりまする」

「江戸の『史学館』教授である安西徳四郎《あんざいとくしろう》先生のお教えによれば涼之助。飛鳥寺の金堂とか塔などの一部については、平城京《へいぜいきよう》へ移されずにこの飛鳥の地に、つまり飛鳥寺に残されたようですよ」

「私が通っておりますす江戸は神田松下町《かんだまつしたちよう》の学問所『新明塾《しんみようじゆく》』の棟片碌安《むなかたろくあん》先生も同様のことを仰っておられました。しかし美雪様、建久《けんきゆう》七年（一一九六）六月に大変な落雷の直撃があって、飛鳥寺に残されていた金堂も塔もことごとく焼失してしまったようですよ」

「では、あの農家の向こうに覗いて見える古い寄棟造りの屋根は、何を意味するのでしょう。さほど大きな建物とは思えませぬが」

「こうして、此処から眺めましても、かなり昔に建立された感じの建物だと判りますね。落雷による焼失を免《まぬが》れた建物の一部なのか、あるいは焼失の後に篤志家《とくしか》によって清貧無欲なる修行僧のための安居《あんご》（修行道場）でも建立されたのでしょうか。此処から直ぐの所に在《あ》りまするから、確認のためにも立ち寄って、お参りなされますか」

「いいえ。大切な御役目が控えております。今日は止しましょう。お祖母様《ばばさま》から今少し詳しく飛鳥寺についてお教えを戴いてから参拝することに致しましょう。その方がよいとは思いませぬか涼之助」

「左様でございますね。あやふやな知識のままでの飛鳥寺への参拝は、開基なされました蘇我馬子《そがのうまこ》様に失礼となりましょうから」

涼之助はそう言い言い頷いて、粗書きの地図を丁寧に折り畳んで懐へ納めた。

「忠寛の考えはどうですか。飛鳥寺へ立ち寄らずにこのまま大神神社《おおみわじんじゃ》へ向こうた方が宜《よろ》しいとは思いませぬか」

美雪は歩き出すための一、二歩をゆるやかに前へと踏み出しつつ、後ろを振り返って忠寛と目を合わせた。

「異存ございませぬ。大神神社《おおみわじんじゃ》へ急ぎましょう」

忠寛は、にこやかに答えた。美雪と涼之助の話を聞いている内に「感情」の落ち着きを取り戻している自分に、ほっと肩の荷を下ろしている忠寛であった。

一行は再び黙黙と、だが周囲《あたり》に油断なく歩き続けた。

美雪の気持は、そうとは誰にも気付かれぬよう、名状し難い不安によって暗く沈んでいた。そのため家臣や腰元の誰に対しても、曽雅家の楼門を出たときから目が合えばやさしい笑みを忘れなかった。自分が萎《しお》れることで、家臣たちの士気に翳《かげ》りが生じることを何よりも恐れた。

「……明らかに頭《かしら》と思われる一人だけが、全身を紫檀色の装束で包んでおりました」

「……体つきまでが……大変似ており……腕組をした仁王立ちの姿までが、そっくりで……」

義助が言ったその言葉が、繰り返し繰り返し胸の内側を過《よ》ぎってならない美雪だった。

義助は、下僕二人が野盗の押し込みを奈良奉行所へ報《し》らせるため馬を走らせた、とも言ったが、奉行所の役人が駆けつけた気配は明け方になってもとうとう感じる事が出来なかった美雪である。今朝の朝餉《あさげ》の席でお祖母様《ばばさま》にその点について訊ねてみたが、「美雪は奉行所の役人の動きなど心配せずともよい。このお祖母《ばば》に任せておきなされ。何事も悪いようにはならぬ。其方《そなた》はひたすら御役目のことのみ考えなさるがよい」

と、穏やかな口ぶりで言うのみであった。そのお祖母様《ばばさま》に対して美雪はまだ、甘樫山《あまかしのおか》に昨日突如として現われた紫檀色の十五名については打ち明けていない。いや、お祖母様《ばばさま》が受けるかも知れない驚きの大きさを考えると打ち明けられないでいた。

江戸を発つ二十日《はつか》ほど前までは、美雪たち一行の大和国《やまとのくに》における宿泊場所は奈良奉行所内という事になっていた。それが出立の十日ほど前になって急に曽雅家に変更となったのは、将軍徳川家綱の配慮によってである。美雪の方から求めたものではない。幕府官僚による出発の事務的な諸準備は、あくまで奈良

奉行所が一行の宿泊場所であった。そのような事務的な諸準備に関して将軍が
あれこれと口をはさむ筈もない。
ところが御役目を特命された美雪が出立の十日前になって父貞頼と共に将軍
徳川家綱のもとへ挨拶に出向くと、
「これはまた何と美しゅう育ったものじゃ美雪よ。そなたを抱き上げたのは
二、三歳の頃であったかのう。貞頼、あれは確か……」
「はい。我が屋敷の北に位置致しまする建国神社にお参りなされました上様
が、『茶を一服したい』と申されて、我が屋敷へ予定外に立ち寄られましたる
時でございました。もう十数年の昔になりましょうか」
「うむ。そうであったな。余《よ》（自分の意）も其方《そのほう》もまだ二十歳《はたち》を少し過ぎた辺り
の青二才であった。美雪が『抱っこ、抱っこ……』と余の脚に蝶のように戯《たわむ》
れまとわり付く小さな姿が、それはそれは可愛《かわゆ》くてならなんだわ」
「恐れ多いことでございました」
「で、貞頼。美雪たち一行の大和国《やまとのくに》における宿は何処に致したのじゃ」
「はい。幕閣事務方《かた》に一任致しておりまするが、奈良奉行所内がよいのではな

いかということのようで……」

「なに、奈良奉行所じゃと。いかぬ、いかぬ。大和国《やまとのくに》には其方《そのほう》の亡き妻雪代の名家で知られた生家《さと》があるではないか。其処《そこ》に致せ。美雪のような麗《うるわ》し女性《びと》を奈良奉行所に滞在させるとは、なんという抒情《じょじょう》の心に欠けたる判断じゃ」

鶴のひと声であった。

美雪は、その席で自分に注がれた将軍家綱の我が娘に対するような温かな眼《まな》差《ざ》しを昨日今日《きのうきょう》のことであったかのように鮮明に覚えていた。やさしかった言葉のひと言ひと言も覚えている。

つまり、将軍の鶴のひと声で決まった滞在先・曽雅家であるだけに、自分たち一行を原因とする騒動が其処ではなるべく生じてほしくないのであった。またお祖父様《じいさま》、お祖母様《ばばさま》をはじめとする曽雅家の人たちに余計な不安や心配を掛けたくないのである。

一行は歩き続けた。今日も秋冷えのない、のどかな小春日和《こはるびより》だった。

田畑は緑あざやかに豊かに実り、彼方《あちら》でも此方《こちら》でも「鈴生《すずな》り」という表現はこのためだけを指しているのではないかと思われるほど、柿の木が橙色の実で覆い尽くされている。

道道で往き交う質素過ぎる身形の民百姓たちはしかし、明るくさわやかで控えめな笑顔と挨拶を、美雪たち一行に忘れなかった。

曽雅家に遠い江戸から客が訪れている、という噂はたちまち近隣四方へと広まっているのであろうか。

「ご覧なされませ美雪様。大和三山の一《ひとつ》、天香久山《あまのかぐやま》（標高一五二メートル）が左手に見せてくれております位置を微塵《みじん》も変えることなく、まるで我我一行をずっと見守ってくれているようではありませぬか」

涼之助が左手方向を指差して、だが振り向くことなく穏やかな口調で言った。

「まことに優美なお姿ですね。江戸の『史学館』教授、安西徳四郎先生からは、斑糲岩《はんれいがん》とかいう大変硬い岩石から成った山であると教えられましたけれど……」

「斑糲岩《はんれいがん》……でございまするか」

と、顔だけを振り向かせて歩みを止めない涼之助に、美雪は「ええ」と頷いて右手の人差し指を中空に泳がせ、斑糲岩《はんれいがん》と大きめに手早く書いてみせた。

「そのように難《むずか》しい字で書く岩石がこの世にあったのでございますか……勉強になりました」

姿勢を元に戻した涼之助は、美雪の肩越しに自分に向けられた忠寛の厳しい目つきに気付いたから、油断なく見まわすように周囲《あたり》へ視線を振ってみせた。

「天香久山《あまのかぐやま》が非常に硬い岩から成った山だと致しまするとは美雪様……」

忠寛が美雪の背に声を掛けた。

「忠寛が何を言おうと致しておるのか、私《わたくし》には判りますよ。悠久《ゆうきゅう》の昔から天地の神神によって吹き降ろされてきた雨や雪、あるいは風などによって天香《あまのか》久山《ぐやま》のやわらかな表の土が洗い流され（侵蝕され）、そして硬い岩石の部分だけが残った……と申したいのではありませぬか」

言い終えてから美雪は振り向き、かたちよい唇に笑みを見せてやさしく目を細めた。

「は、はあ。正にその通りでございまする。それに致しましても、斑糲岩《はんれいがん》というような岩石がこの世にあるなど、涼之助ではありませぬが私もはじめて知りましてございます」

「このような字を書くのですよ」

美雪は後ろに従っていた忠寛のために、判り易くもう一度、斑糲岩と中空に指先でゆっくり書いてみせた。

「なるほど、難しい字でございますなあ」

「安西徳四郎先生のお話によりますとね……」

と、美雪は姿勢を元に正して歩みつつ静かに言葉を続けた。

「斑糲岩《はんれいがん》には、きらきらと大層美しく輝く石（石英《せきえい》の意）が豊かに含まれているとかで、きらびやかな飾《かざ》り品《しな》（装飾品）を大奥とか高家《こうけ》（名家・名門）すじへ納める名流の彫金師たちの間では、近頃とくに大事な材料の一つになっているそうです」

「安西徳四郎先生は、岩石にお詳《くわ》しい御方《おかた》なのですね」

「詳しいどころではありませぬよ忠寛。安西徳四郎先生は、石とか岩石とかを数十年の長きに亘《わた》って研究し続けてこられた、大家の御一人です。単に石とか岩石の美しさとか、不思議さとか、形《かたち》の妙《みよう》をお調べになっておられるのではなく、それらを日本という国の歴史の成り立ちと重ねて研究し続けていらっしゃるのです」

「この国の歴史の成り立ちと重ねて……でございまするか」

「ええ。私《わたくし》のような学び浅い者にはとても判りませぬが、安西徳四郎先生は『石とか岩石とかを慈《いつく》しんで眺めてやると、色色な時代の歴史の成り立ちの窓口となっているのが次第次第に把握できるようになってくる』と、仰っておられました」

「なるほど。ぼんやりとですが、安西先生の仰ろうとしていることが理解できまする。凄い研究でございますね」

「ご覧なされ忠寛。草木も生えない筈の硬い斑糲岩《はんれいがん》から成る天香久山《あまのかぐやま》であるというのに、いまあの御山《おやま》はなだらかな優美な姿を瑞瑞《みずみず》しい緑で覆っているではありませぬか。そして古代の人人に崇拝《すうはい》されて、『日本書紀』に登場し、あるいは『万葉集』や『新古今集』などにも多く詠まれてきています」

「美雪様にそう言われますと、まぎれもなく我我一行は、雅《みやび》なる王城の国へ、いいえ、神聖この上もなき神神の国へ訪れているのだという思いが、改めて強く感じられまする」

「忠寛は文武に優れた侍《もののふ》ですが、元子郎《げんしろう》（忠寛の父。西条家家老）から聞いたところによりますと、蝶《ちよう》の色色について調べるのを趣味と致しておるそうですね」

「ち、父がそのようなことを美雪様に申し上げましたか」

「江戸を立つ三、四日前のことでした。私が菊乃《きくの》と居間で出発の支度《したく》を致しておりましたところへ、旅立つ私《わたくし》のことを心配して元子郎が顔を出してくれました」

「その席で我が父が？」

「はい。日頃滅多《めつた》に笑顔を見せることのない恐持《こわも》てな元子郎が、倅《せがれ》忠寛の蝶の研究はかなり専門的で格も高《たこ》うございまして……と、にこにこと嬉しそうでありましたよ」

「も、申し訳ございませぬ」

「なにも謝ることなどありませぬ」

そう言って、また少し振り向き微笑んでみせた美雪であったが、直ぐに前向きに姿勢を正した。

「のう、忠寛。蝶を愛《め》でる心を持っているならば、きっと和歌に通じる精神《こころ》も胸の奥深くに抱いておりましょう。『万葉集』で其方《そなた》が知る歌、惹《ひ》かれている歌などがあれば、一つ二つこの私《わたくし》に詠んで聞かせて下され」

「え……」

「文武に優れる其方《そなた》のことです。『万葉集』や『新古今集』に関心が無いとは思われませぬ。さ、聞かせて下され忠寛」

「なれど私のような無骨者《ぶこつもの》が詠みまする歌など……」

「其方《そなた》の好みし歌、詠みし歌と、侍《もののふ》としての戸端忠寛の印象との間に、いささかの乖離《かいり》があったとしても、誰も驚いたりは致しませぬ。歌のよさというものが、そこにこそあるとは思いませぬか」

再び振り返って、にこやかな笑みを忠寛のために向けてやる美雪であった。

「は、はあ……」

「さ、詠んでみなされ忠寛。恥ずかしがることなどありませぬ。私《わたくし》は前を向いておりまするゆえ」

美雪が姿勢を戻すと、前に立つ涼之助が懐より地図を取り出して開いたらしい仕草を、かなり力んだ様子で背中にあらわしてみせた。美雪に伝えようとする意味を込めてのことなのであろうか。

「それでは『万葉集』で一つ二つばかり……」

後ろで忠寛が自信なさ気に小声を漏らし、美雪は黙ってそっと小さく頷き返した。

忠寛がここにきて覚悟を決めたのであろう、侍《もののふ》らしい力強い声を、しかし調子《しらべ》を見事に美しく加減して発した。

「大夫《ますらを》や片恋ひせむと嘆《なげ》けども鬼《しこ》の大夫《ますらを》なほ恋ひにけり」

「まあ、舎人皇子《とねりのみこ》様の御歌ですね。大夫《ますらを》は弱音《よわね》を吐かぬ侍《もののふ》を意味致しまするから、真《まこと》に忠寛にふさわしい選《えら》び歌《うた》でしたよ」

美雪がそう言った時である。一行の後ろの方で澄みわたる女性の臆せぬ声があった。

「嘆《なげ》きつつ大夫《ますらをのこ》の恋《こ》ふれこそわが髪結《ゆふかみ》の漬《ひ》ちて濡《ぬ》れけれ」

腰元、佳奈であった。

一行の歩みが申し合わせたように止まって、それ迄の穏やかだったやわらかな空気が異様に凍《こお》り付《つ》いた。

　舎人皇子《とねりのみこ》の「片思《かたおも》いなんかするものかと我《われ》を嘲《あざけ》り思っても、やはり恋《こ》い焦《こ》がれてしまう」という恋歌に対する、舎人娘子《とねりのをとめ》の和《こた》え奉《まつ》る歌（返し歌）を、佳奈が殆ど間を置かず、予《あらかじ》め備えてあったかのように詠んだのである。

　それは「恋に苦しみ嘆《なげ》かれる立派なあなたが、私を恋なさるがゆえにその嘆きの霧《きり》で私の綺麗に結《ゆ》った髪が濡れてしまいました」という意味であった。

　美雪は振り返って、忠寛とではなく、こちらを見ている佳奈と視線を合わせると、やわらかに微笑んだ美しくやさしい表情で頷いてみせた。

　それによって、異様に凍り付いていた一行が、元の威風を取り戻した。ほんの短い間、一行を見舞った思いがけない「乱れ」からの回復であった。

「あざやかな返し歌でしたね佳奈。お見事でしたよ」

「も、申し訳ございません。差し出がましい無作法でございました。お許し下さいませ」

「天武天皇《てんむてんのう》（？〜六八六）の皇子（親王）で『日本書紀』の編纂《へんさん》に中心的役割を果たしなされた舎人皇子《とねりのみこ》と、その舎人皇子《とねりのみこ》の若き乳母子《めのとご》（伝未詳）であられた舎人《とねりの》娘子《をとめ》との相聞歌《そうもんか》（万葉集の恋歌）は、『万葉集』の中でも際立ってひかり輝ける恋《おも》い歌《うた》であると私《わたくし》は評価致しておりますが、佳奈はそうとは考えませぬか」

「は、はい。私もそのように思っておりました。それでつい……」

「胸の内が動き乱れて発露《はつろ》となってしまったのですね。よろしいではありませぬか。それこそが澄みわたりし自然の精神《こころ》というものです」

「おそれいります……」

「忠寛もよい歌を詠み聞かせてくれましたね。ありがとう。いささか疲れ気味でありました足が気のせいでしょうか軽うなりましたよ」

美雪は忠寛とも目を合わせて頷く気配りを見せてやると、「は、はあ……」と頬を朱に染めた忠寛に「さあ、参りましょう」と促して背中を向けた。

だが思いがけない間近に、涼之助が眦《まなじり》に不可解な険しさを覗かせ、地図を広げて立ち塞がっていた。その顔に苛立《いらだ》ちさえ広がっているらしい事に気付いて、美雪は少し戸惑《とまど》った。

「あの、美雪様……」

「はい」

「我我一行は現在、地図上のこの辺りにまで来ていると思われまする。ご覧なされませ。御当主様が地図にお記し下されておりまする寺川《てらかわ》は、直ぐ向こう下に白く光っておりますあの帯がそれでございましょう。であるとすれば、白く光る帯へと緩《ゆる》やかな傾斜をもつ薄《すすき》が生い茂ったこの台地状の広大な野原は、御当主様が地図にお示しの『四方河原《しほうがわら》』であると思いまするが……」

地図を指しつつ辺りを眺める涼之助に言われて美雪も改めて周囲《あたり》を見まわし、自分たち一行が薄野《すすきの》を切り開いて造られた道深くに踏み込んでいることに気付いた。

「美雪様、あの寺川を渡って大神神社《おおみわじんじゃ》へ向かうには、この地図に記されているもう二本の川、粟原川《おおばらがわ》と大和川《やまとがわ》を渡らねばなりませぬ。この薄野《すすきの》で短《みじか》い休憩《きゅうけい》を取っては如何《いかが》でしょうか」

「ええ。異存はありませぬ。そう致しましょう」

美雪が涼之助の考えに同意して表情を緩めたときであった。

忠寛が「美雪様っ」と声鋭く薄野《すすきの》の彼方《かなた》を指差した。

密生する薄《すすき》が踏み倒されたような長い尾を描きつつ五本、綺麗な等間隔でこちらへ向かってくる。さながら薄《すすき》の中を荒れ狂う獣が突進してくるかのような、かなりの速さだ。

「美雪様、反対側からもでございます」

一行の後ろの方で佳奈も鋭い声を放った。

一行が一斉《いっせい》に反対側を見、そして忠寛が「抜刀せよ」と叫んだ。

薄を踏み倒す荒荒しいざわめきが、一行を挟むかたちで目の前に迫ってくる。ほかには一人の旅人の姿も、民百姓の姿も辺りには無い。

美雪は小刀を抜刀した。背中に恐怖が走っていた。

(先生……どうかお見守りください)

百数十里離れた江戸へ届けとばかり、美雪はその人のことを想った。届く筈などない、と判っている絶望的な想いであり祈りだった。

「斬《き》ってよし。躊躇《ちゅうちょ》するな」

叫び命じた忠寛の声には、恐怖の震えがあった。眦が吊り上がっている。

(守る……美雪様は命を賭けてこの戸端忠寛が守ってみせる)

己れに言い聞かせた忠寛は踏み倒されて目前に迫ってくる何本もの「薄《すすき》の

尾」へ、くわっと目を見開いた。

一陣の風が白く光る川の方から吹きつけ、薄《すすき》が一面不気味な笛鳴りのような音を立てて大揺《ゆ》れに揺れ出した。

七

一行《いっこう》十名に両側から迫った合わせて十数本の薄《すすき》の線——踏み倒された——が、申し合わせたかのような正確さで一斉《いっせい》に一行の直前で口を開《あ》けた。

激しい勢いで大鷲《おおわし》の如く宙に躍《おど》り上がったのは、大鷲とは似ても似つかぬ白刃を手の白装束たちだった。それも首から上が窺えぬ程に長く伸ばした髪を振り乱し、ぼろぼろの白い着衣である。

「何奴《なにやつ》か」

叫んだ戸端忠寛《とばたただひろ》が頭上から降り掛かってきた白刃を受け止めた。

ガチン、ガツッと鋼《はがね》と鋼が打ち合い、真昼に近い明るさであるというのに、青い火花がはっきりと見えて飛び散る。

同じ修羅《しゅら》の光景がたちまち美雪《みゆき》を護る三人の腰元たちの周囲に広がった。襲い掛かる凶徒の人相などは、振り乱れる長い髪で全く判らない。

「守りの輪を広げ過ぎるな」

土村小矢太《つちむらこやた》が絶叫した。叫びが隙《すき》を招きかねないことを重重《じゅうじゅう》承知している小矢太である。それゆえ叫びながら、眦を吊り上げた奮然たる斬り込みを忘れない。全身これ炎《ひ》と化して凶徒に立ち向かった。

だが小矢太が一撃を放つと、乱れ髪で顔見せぬ相手は何と二撃を返した。それも目にも留まらぬ速さである。

「おのれ」

小矢太が踏み止《とど》まって受け、しかし僅かによろめいた。よろめき受けた小矢太が渾身の一撃を思い切り踏み込んで返す。

唸りを発する凶徒の重い三撃が閃光のように返ってきた。息もつかせない。堪え切れずに小矢太は横転した。腰元たちの眼前だった。

「小矢太様」

佳奈が倒れた小矢太に斬り掛かろうとした凶徒に、刀を抱《いだ》くようにして斜め方向から激しく突っ込む。

凶徒と佳奈が打ち合い、鋼と鋼がまたしても小さな青白い火玉を散らして鳴った。

佳奈の命を賭けた鋭い一撃、そして、渾身のもう一撃。

「女、うるさいわっ」

佳奈の必死剣を軽い感じで受け弾《はじ》いた凶徒が、はじめて吼《ほ》えた。

人の声とは思えない荒荒しい大音声であった。

構わず佳奈が第三撃で踏み込み、同時に凶徒も深く踏み込みざま佳奈の胸倉を左手で摑むや、投げ飛ばした。否、振り投げ飛ばした。

恐るべき強力《ごうりき》。

振り投げ飛ばされた佳奈は殆《ほとん》ど中空を飛ぶかたちで、美雪の足元に叩きつけられた。

小さな悲鳴を発して、だが佳奈は直ぐさま立ち上がり、小矢太も体を起こして退がりながら身構えを整えた。

ここで凶徒の面《おもて》を隠す長い乱れ髪が、二つに分かれてその素顔を一瞬だが覗かせた。

美雪も腰元たちも相手の形相に戦慄《せんりつ》した。吊り上がった太い眉の下で二つの眼《まなこ》は拳《こぶし》かと見紛《みまが》う大きさで爛爛《らんらん》たる光芒《こうぼう》を放ち、鷲鼻筋は異様な高さでその先端を下げ、口は三日月形に裂け開いて上下の唇は朱の色であった。

けれども、その不気味な形相を美雪と腰元たちに見せたのは、まさに一瞬のことだった。したがって安全な位置にまで退がることに気を取られていた小矢太の目には映っていない。

美雪と腰元たちは、ようやくのこと目に入った凶徒の着衣にも、おののいた。その汚れたぼろぼろの白い装束は、たとえば敷布《しきふ》の中央位置に丸い穴を開けて頭を通し、腰を綻《ほころ》び著しい無地の角帯で縛っただけ、という印象だった。明らかに大和国《やまとのくに》の秋には寒過ぎる薄着《うすぎ》としか言い様《よう》がなく、而《しか》してそれはまるで弥生人《やよいびと》（弥生時代人）ではないか、とさえ思わせた。

だが剣技は圧倒的な強さだった。終始懸命な〝受け〟へと追い込まれていた忠寛が、ついに腰元留伊《るい》に背中を触れてしまう程にまで退がる。

「くそっ」

それは絶望的な忠寛の呻きであった。相手が空気を斬り鳴らして稲妻のように忠寛の眉間、面、眉間、面へと無言のまま打ち込む。その形相を露《あらわ》とせぬ相手だけに、忠寛は連打されて一層のこと竦《すく》みあがった。寸陰《すんいん》さえも与えてくれぬ凶徒の余りな猛攻で、既に気力は完全に捩伏《ねじふ》せられていた。敗北は目の前。

見かねた腰元留伊が、忠寛の背後から飛び出し「さがれ。下郎」と叫びざま斬り掛かる。余りにも無謀という他ない。

「女、うるさいわっ」

佳奈を投げ飛ばした凶徒と全く同じ咆哮《ほうこう》、違《たが》わぬ大音声が修羅場に轟《とどろ》きわたった次の瞬間、留伊はどこをどう摑まれたのか、美雪の後背にまで投げ飛ばされていた。

「あうっ」と悲鳴をあげて苦痛の表情を見せた留伊であったが、立ち上がろうと下唇を嚙んで片膝を起こした。

「大丈夫ですか、留伊」と、美雪が覆いかぶさるようにして留伊を庇《かば》う。

その美雪の視野の端で、凶徒の攻めを背を反らせ気味に受け止めた小柄な山浦涼之助が仰向けに倒れた。その涼之助をまるで大根でも切り刻むかのようにして凶徒の二の太刀、三の太刀が襲いかかる。

「だ、誰かあ」

遂に涼之助が救いを求めた。絶体絶命に追い込まれた為に救いを求めたのではなかった。涼之助は間近《まぢか》に見たのであった。伸《の》し掛《か》かるが如く斬り掛かってきた凶徒の振り乱した髪の奥に潜む恐ろしい形相を。

「こらあっ、其処《そこ》で何をしておるか」

「狼藉者じゃ。構わぬ斬り捨てい」

鞍状《くらじょう》のなだらかな高さを持つ堤《つつみ》の上に突如として十名前後の武士が姿を現わし、抜刀するや大声を放った。

凶徒どもが信じられないような素早い退避行動に移ったのは、次の瞬間だった。予《あらかじ》め組み立てられていたかのような正確さで一糸乱れず薄《すすき》の中へ姿を掻き消したのである。

それは、あっという間《ま》に訪れた信じられないような静寂であり、その中で皆は息荒く我を取り戻した。

「涼之助、手傷を負いましたか」

刀を右手に美雪が駈け寄ろうとすると、それよりも早く涼之助は立ち上がった。

「申し訳ありませぬ。が、どこも斬られておりませぬ」

「よかった……皆は……他の皆はどうです」

美雪が皆を見回したところへ、堤の上から血相を変えて駈け下りてきた武士たちが、肩を波打たせて荒い息をしている美雪たち一行をたちまち取り囲んだ。

「大丈夫でございまするか、美雪様」

「おお、これは奈良代官、鈴木様……」

こわばった美雪の美しい表情の中に、相手が何者であるかを認めて大きな安堵が広がった。

美雪の前に立って刀を鞘に納めたのはまぎれもなく奈良代官鈴木三郎《さぶろう》九郎《くろう》その人であった。

「これはまた何事がございました。只今の異様な風体《ふうてい》の連中は一体何者でございますか」

「判りませぬ。不意に薄《すすき》の中を突き進むように現われて襲い掛かって参りました」

「大事な御役目で大和国《やまとのくに》を訪れなされた美雪様に対して不逞《ふてい》を働くとは、許せぬ奴原《やつばら》」

奈良代官鈴木三郎九郎はそう言って歯を一度嚙み鳴らすと、険しい眼差《まなざ》しをまだ抜刀したままで表情を力ませている配下の者たちへ向けた。

「月岡《つきおか》に柳澤《やなぎさわ》、皆を二手《ふたて》に分けて薄《すすき》の中に不逞の奴原《やつばら》につながる何かが落ちてはいないか調べさせよ。油断するなよ。奴原《やつばら》がまだ薄《すすき》の中に潜んでいるやも知れぬ」

「判りました」

「承知」

三十前後かと思われる二人の武士が即座に奈良代官鈴木三郎九郎の指示に応じて、てきぱきと二手に分かれ、薄《すすき》の中へ抜刀したまま踏み込んでいった。

「で、皆さんにお怪我などはございませんでしたか」

配下の動きを目で追っていた鈴木三郎九郎が、視線を美雪へ戻した。

「はい。馬庭念流を心得る家臣を揃えていたのが、辛《かろ》うじて幸い致しました。どうやら手傷を負った者はおりませぬようで」

「それはようございました。天領の見回りで堤の向こう下を通りかかりましたら、刃の打ち合う音が聞こえて参りましたので……それに致しましても美雪様ご一行が襲われていたとは……いやあ、奈良代官と致しまして冷や汗が止まりませぬ」

「鈴木様の御蔭で救われましてございます。御礼の言葉もありませぬ」

と、美雪は綺麗な所作で頭を下げた。

「御礼の言葉などと、滅相もないことでございまする。それよりも美雪様、どうぞ私のことを鈴木と呼び捨てにして下さりませ。万石大名に迫らんとする七千石大身御旗本西条家の御息女に、様《さま》を付《ふ》して呼ばれまするると、決して大袈裟ではなく呼吸《いき》が止まりまする」

「まあ、呼吸《いき》が……」

「遜《へりくだ》って申し上げているのではございませぬ。真《まこと》の道理のままを申し上げておりまする。なにとぞ……」

と、鈴木三郎九郎は丁寧に腰を折った。

美雪は、そのやわらかな謙虚さに、奈良代官鈴木三郎九郎の武士らしさ、男らしさ、誠実さを確《しっか》りと見たように思った。

「仰《おっしゃ》ること、よく判りましてございまする。では今日只今《こんにちただいま》より鈴木殿と呼ばせて下さりませ」

「殿、を付《ふ》して下さいますか」

「天領を預かりなさいます奈良代官は、地方を預る代官の中に於《お》いても一等の官僚でございましょう。その重要な役職に在《あ》る者が、いかに相手が大身旗本家の女性《おなご》であろうと、呼び捨てになどさせてはなりませぬ」

「は、はあ……」

「けれど、お祖母様《ばばさま》は別格でございますよ、鈴木殿」

美雪が真顔で言うと、鈴木三郎九郎は深深と頷いてみせた。

「有り難い御言葉、この鈴木三郎九郎、納得できましてございまする。また、お祖母様《ばばさま》が別格でありまするること、これはもう重重《じゅうじゅう》に承知致しておりますることなれば……お祖母様《ばばさま》の存在を忘れますると到底《とうてい》、大和国《やまとのくに》には居《お》られませぬゆえ」

鈴木三郎九郎のその言葉に、美雪が思わず目を細めて「ふふ……」と、微《かす》かな含み笑いを漏らした。

それによって、緊張し続けていた一行の中に漸《ようや》くのこと、ほっとした雰囲気が広がっていった。

「それに致しましても美雪様……」

と、鈴木三郎九郎は薄《すすき》の原へ視線を向けた。

「不逞の奴原のあの汚れたぼろぼろの身形《みなり》、奇《き》っ怪《かい》に過ぎましてございましたが」

「鈴木殿もはじめて目にする装束でありましたか」

「はい。これ迄に一度として見たことはありませぬ。あの装束は美雪様、縄《じょう》文人《もんびと》（縄文時代人）とか弥生人《やよいびと》（弥生時代人）が着ていた、いわゆる貫頭衣《かんとうい》のようなものではありませんでしたか」

「実は私《わたくし》もそのように見ました。ただ帯だけは今日当たり前に見られるものではないか、という気が致しましたけれど」

「ええ、私も同感でございます。それなりに帯幅がありましたのは、恐らく刀を腰に帯びる必要があるためではございますまいか。貫頭衣ならば腰をくるのは細紐《ほそひも》で事足りまするが、それだと重い大小刀は支えられないでしょうから」

「それに致しましても、肌寒くなってきましたこの国の秋の深まりの中で、わざわざとしか見えませぬあの薄着《うすぎ》。鈴木殿は何か魂胆があると思われまするか」

「案外に、意味・魂胆あり、と思わせる攪乱《かくらん》目的か、あるいは単に、奇襲の際に刀を振り回し易くするため、か……いずれに致しましても美雪様、我我代官所の者が大神神社《おおみわじんじゃ》まで同行させて戴きまする。何卒《なにとぞ》ご承知下さい」

「ありがとうございます。それでは鈴木殿の御言葉に素直に甘えさせて戴きまする」

「奈良奉行溝口《みぞぐち》豊前守《ぶぜんのかみ》様同様、私も柳生新陰流をいささか心得ておりまするゆえ、ご安心ください」

「まあ、鈴木殿も柳生新陰流を……そういえば、柳生新陰流と大和国《やまとのくに》とは切っても切れぬ間柄でございましたね」

「はい。この飛鳥の地からですと、やや遠く北東の方角になりましょうか。東山《ひがしやま》（笠置山地《かさぎさんち》の意）に沿った日本最古の古道《こどう》（山辺の道《やまのべのみち》）を奈良町へと戻り、新薬師寺の脇を神鹿《かみのしか》が遊ぶ春日山《かすがやま》（標高四九八メートル）を左手に望みつつ、滝坂道《たきさかのみち》より柳生街道へと入りますれば、迷うことなく柳生藩陣屋へと至りまする」

「新薬師寺の傍《そば》より望める神鹿《かみのしか》の春日山と申しますると、『万葉集』の編纂者と伝えられておりまする大伴家持《おおとものやかもち》公が詠《よ》まれなされた『雨隠情《あまごもりこころ》いぶせみ出で見れば春日の山は色づきにけり』（万葉集巻八）の、あの春日山でございますのね」

「仰《おお》せの通りでございまする。さすがに、よくお知りでございます」

奈良代官鈴木三郎九郎がそう応じ、しかし美雪の端整な面《おもて》はふっと曇った。

奈良時代の優れた官僚であり高名な歌人でもあった大伴家持《おおとものやかもち》が、その生涯に於いて様様な騒乱への関与を疑われては、許されての苦難続きであったことを、よく学び知っている美雪だった。家持《やかもち》はそのため出世しては地位を剥奪《はくだつ》されを繰り返し、晩年ようやくのこと「中納言《ちゅうなごん》」という高い位にまで登り詰めたが、没後僅か二十余日でまたしても藤原種継《ふじわらのたねつぐ》（同時代官僚、中納言）暗殺事件への関与を疑われ「除名」という重い処分となっている。

「それでは鈴木殿、そろそろ……」

美雪が広広とひろがる薄《すすき》の河原へ不安気な視線を向けながら促すようにして言ったときであった。「恐れながら……」と涼之助が遠慮がちに、代官鈴木三郎九郎の斜め後ろに近付いた。目は美雪の彫り深く整った横顔に注がれている。

「はい」と、美雪は涼之助の方へ視線を移した。

「どう致しましたか、涼之助」

「実は先程、伸《の》し掛《か》かるようにして攻められましたる時、振り乱した髪の奥に隠れておりました其奴《そやつ》の人とは思えぬ面相を、間近に見ましてございます」

涼之助がそう言い終えたところへ、代官鈴木の指示で薄《すすき》の中へと踏み込んでいた代官所の侍たちが鈴木の下《もと》へ駈け戻り「何らの証《あかし》を摑めず」を報告し終えた。

「判った。皆もこれからの話を聞いておくように」

代官鈴木は配下の者たちにそう告げると、美雪と顔を合わせ小さく頷いてみせた。

「涼之助……」

と、美雪が穏やかに切り出し、涼之助が「はい」と応《こた》えるかのような表情を拵《こしら》えた。

「私《わたくし》も凶徒の何とも名状し難い面相を目に致しました。なれど、おののきに見舞われたるほんの一瞬のことでありましたから、目にした相手の面相が確かなものであったのかどうかについては自信がありませぬ。それで鈴木殿に打ち明けるべきか否《いな》か、迷《まよ》うておりました。其方《そなた》の見たままを話して下され涼之助」

「はっ、記憶が冷えぬ内に、見たままを申し上げますと……」

涼之助はやや早口で話し出した。一、二尺と離れていない間近で一瞬ではあったが確《しっか》りと見た凶徒の凄まじい形相を、涼之助は口許を歪め嫌悪そのままに打ち明け、代官鈴木をはじめとする聞く者たちを金縛り状態にした。

「一体全体なんだ。その考えられないような面相は」

代官鈴木が呻くように顔を歪めて吐き出したあとを、美雪が続けた。

「いま涼之助が申したのと、私《わたくし》がほんの一瞬の間に見たものとは、間違いなく重なっておりまする。あの凄まじい形相をした人間などがこの世に幾人も存在するとは到底思われませぬ。そうではありませぬか涼之助」

「は、はあ。誠に仰る通りであろうかと……」

「鈴木殿。あれは恐らく極めて精巧に作られた面《めん》ではないか、と思います」

「面……でございまするか」

「そのような面をかぶり貫頭衣《かんとうい》を着て舞ったりするような風習が、この大和国《やまとのくに》の内外《うちそと》の何処かにありませぬか」

「いやあ、私は耳にしたことはございませぬ。最近畿内《きない》各所に出没して有力庄屋宅《しょうやたく》を襲っている賊徒たちも、そのような面をかぶってはおらぬようでありますし、ましてや貫頭衣《かんとうい》を着ているという話などは聞いたこともありませぬ」

「そうですか……」

「ともかく美雪様。直ぐさまこの場を離れ、大神神社《おおみわじんじゃ》へ急ぎ向かいましょう。お祖母様《ばばさま》からは、此度の美雪様の御役目には西条家の家臣以外の者が同行してはならぬ、と強く申し渡されてはおりまするが、今申されたような恐ろしい面相の者が出没したとなりますと、奈良代官職にあります私鈴木三郎九郎と致しましては見て見ぬ振りは出来ませぬゆえ」

「はい。それはその通りであろうと思いまする。お忙しい中を同行下さいますること、心からありがたく御受け致します」

「左様ですか。では参りましょう」

代官鈴木三郎九郎は配下の侍たちを指差すと、美雪たち一行のどの位置へ誰が付くかについて、てきぱきと指示を発した。

美雪はその手早い様子を見守りながら、（この人物を奈良代官に長く止《とど》めておくのは余りにも惜しい）と思った。中央官僚の風格がある、と感じたのである。

合わせて二十一名が大神神社《おおみわじんじゃ》を目指して、薄《すすき》が生い茂る河原を用心深く抜け切り、寺川《てらかわ》に架かった案外に頑丈な造りの長い木橋を渡り出した。

あたりは、さすがに大和国《やまとのくに》が「王城の地」と尊ばれているだけのことはある。

擬宝珠《ぎぼうしゅ》を乗せた親柱《おやばしら》（欄干先端の主柱《らんかん》）と控柱《ひかえばしら》（親柱を補強する小柱）を有している

美雪は自分の横に付き従って辺りに注意を払っている代官鈴木三郎九郎に然《さ》り気《げ》ない口調で訊ねた。幾分小声でもあった。

「鈴木殿はご自分の御仕事に関して何か夢をお持ちでいらっしゃいまするか」

「は、夢と申しまするとか？」

と、応じる鈴木の声も抑え気味であった。

「たとえば将軍家の間近でこのような職のこういった地位に就いてみたいとか……」

「あ、そういう意味でございますか。それならば私は、島嶼《とうしょ》を開発し防衛する統括任務に就いてみたいと、若い頃から考えてございます」

「島嶼《とうしょ》と申しまするとか、淡路島《あわじしま》とか隠岐島《おきのしま》とか対馬《つしま》といった諸島を指してのことでしょうか」

「ええ、とくに私は天領である佐州《さしゅう》（新潟県・佐渡島《さどがしま》の意）に対して強い憧れを抱いておりまする」

「まあ、佐州《さしゅう》に……天領の佐州と申せば佐渡島。お差し支えなければその理由《わけ》をお聞かせ下さりませ」

「まだ二十歳《はたち》の頃でござりましたか。幕命を受けましたる父の短い期間の御役目に付き従いまして一度だけ佐州へ渡ったことがございます」

「それはよき経験をなされました。佐州と申せば、神亀《じんき》元年（七二四）に『遠流《おんる》の地』と定められた前後の頃より穂積老《ほづみのおゆ》、順徳上皇《じゅんとくじょうこう》、日蓮上人《にちれんしょうにん》、京極為兼《きょうごくためかね》、日野資朝《ひのすけとも》、世阿弥《ぜあみ》、と申された高貴《こうき》な知識人《ちしきびと》たちが無念の思いで流されたるところ」

「矢張り美雪様でございます。よく御存知でいらっしゃいます」

代官鈴木三郎九郎が感心したようにそう言ったときだった。一行の先導役を並んで務めていた小矢太と代官所の若い侍が木橋を渡り切ったところで、前方の叢《くさむら》が数枚の団扇《うちわ》を一斉《いっせい》に叩き合わせたかのような、大きな音を発した。

侍たちが瞬時に足を止め腰を下げて、抜刀の構えを見せる。

叢の中から四羽の雉《きじ》が飛び立った。

「ふう……驚かせおって」

代官鈴木三郎九郎は高さを上げていく雉を見上げながら息を大きく吐き出し、右の掌で刀の柄頭《つかがしら》を押した。

鍔《つば》がカチッと小さな音を立てる。

代官鈴木のその様子を然《さ》り気《げ》ない目で見つめながら美雪は、江戸にいらっしゃる「先生」なら今のような場合、どのような様子をお見せになるであろうか、と想像した。

（お会いしたい……とても）

美雪は胸の内で、そっと呟いた。

一行は再び歩き出した。緊張に包まれていた。

ただ、空は明るく晴れわたり、田畑は豊かに緑に染まり、山山は紅葉して野鳥の囀《さえず》りが絶えなかった。

八

緊張を忘れることなく、どれほど大和国《やまとのくに》の美しい秋景色の中を歩いたであろうか。

代官鈴木三郎九郎が四方を油断なくゆっくりと見まわしたあと、歩みを止めて「ご覧なされませ美雪様」と、直ぐ先に堂堂として聳《そび》える二本の巨木の間を指差してみせた。

はじめ美雪は、枝ぶりの見事なその二本の巨木が広広とひろがる田畑の角に位置して聳えていることから、代官鈴木の指先は田畑の神つまり御神木を差しているのであろうと、それに注意を払った。

が、そうではないと直ぐに気付いて、はっとした表情になった。

と、一行の先頭にあった小矢太も立ち止まって美雪の方を振り返り、矢張り二本の巨木の間を黙って指差した。

美雪は静かな頷きを返した。

見えていたのである。

代官鈴木が幾分、おごそかな口調で言った。まだ右手の指先は巨木の間を差したままだった。

「向こうに見えておりますあれが大神神社《おおみわじんじゃ》の一《いち》の鳥居いわゆる大鳥居（現在の国

道際の大鳥居に非《あら》ず）と呼ばれている鳥居でございまする」

「まあ、あれが大神神社《おおみわじんじゃ》の……なんと神神《こうごう》しいたたずまいでございましょう。天神地祇《てんじんちぎ》の眩《まぶ》しさを覚えまする」

美雪はそう言うと、両の手を合わせて目を閉じ、うやうやしく頭《こうべ》を垂れた。

一行の者皆、代官所の侍たちまでが、美雪を見習った。

代官鈴木ひとりが、険しい眼差しで油断なく辺り四方を見わたした。

一行は再び歩み出した。風景は何処までものどかであった。

「で、佐州でございますがね美雪様……」

代官鈴木が思い出したように切り出した。

「そうそう、佐州のお話が先程の騒動で途中で跡切《とぎ》れておりました」

「美雪様が申されましたように、佐州は『遠流《おんる》の制《せい》』により高貴な知識人《ちしきびと》が多く流されるというある意味で『輝ける歴史』というものを積み重ねて参りました影響もございまして、島の人人の精神《こころ》は極めて情感豊かで聡明であり、人や自然、生き物に対する情愛も濃《こま》やかなことも手伝って、能、人形芝居、舞や踊り、無名異焼《むみょういやき》、そして幾多の寺院建立など優れた文化芸術の発達が見られまする」

「ええ、存じております。それに弥生の頃（弥生時代）から進歩を遂げてきた米作農耕技術の秀逸さも見逃してはならぬもの、と私は公儀学問所で学んでも参りました」

「あの……」と、代官鈴木の声が囁き声となって、美雪の方へ目立たぬ程度に、ほんの少し体を寄せてきた。

「え？」

「公儀学問所では近頃、かなり積極的に女性《おなご》の入門を認めていると聞いたことがありまするが誠でございましょうか」

「積極的という程ではありませぬが、私《わたくし》が通うておりまする江戸は堀端一番町の『史学館』では、旗本家の娘たちが十四、五人はいましょうか」

「十四、五人も、でございまするか」

「ただし、学ぶということに対する意欲がどれほどかについてかなり厳しい面接がありまするから、決して容易《たやす》く入門を認められる訳ではないようです」

「そうですか……いや、そうでしょうねえ」

「鈴木殿には、ご息女が？」

「はい。遅くに出来た娘でありまするから、まだ九歳と幼いのでありまするが、美雪様の佐州に対するご見識の高さに触れまして、これからの時代、女性《おなご》にも位《くらい》高き学問は必要とつくづく感じいったのでございます」

「私《わたくし》も同感でございます。女《おんな》といえども広く学ぶ必要のある時代の訪れを感じております」

「佐州の話が出ましたなら、大抵の場合、今や知らぬ者とて無い金銀産出の佐渡金山（当時日本最大）の話からはじまる事が多いものでありまするが、さすがに美雪様は違《ちご》うておられました」

「いいえ。学んだからこそ、知っていただけのことでございまする鈴木殿。佐州では漁業とか牛の飼育技能などもなかなかな水準と『史学館』で私《わたくし》は教わりました。荒波に囲まれた島の人人は恐らく忍耐強く学ぶという感性に極めて秀《ひい》でているのではないでしょうか」

「誠に仰せの通りでございます。私はそういった先進の気風《きふう》に富む島民の中へ自ら入り込んで、幕府が心血を注いでいる金銀の産出のみならず、文化芸術・

産業の育成にも力を注ぎたいのです」

「でも、そういった事の実現のためには鈴木殿ご自身が佐州に於いて権限のある相当に高い位《くらい》に就かねばなりませぬ。たとえば佐渡奉行のような」

「は、はあ……」

「この御役目を終えて江戸へ戻りましたなら、鈴木殿のような人材は更に充実した能力の発揮できる職位に就くべきであることを、何かの機会を利用して私《わたくし》から父に話してみましょう」

「め、滅相もございませぬ。それこそ山城守様（西条貞頼）よりお叱りを受けまする。美雪様に一体何事を吹き込んだのかと……」

「私《わたくし》の父はそのような心の狭い御人《おひと》ではありませぬ」

美雪がそっと微笑むと、代官鈴木は肩を窄《すぼ》めるように恐縮して頭の後ろに軽く手をやった。このときの美雪も鈴木三郎九郎も知るよしもなかった。鈴木の奈良代官離任が数年後（延宝《えんぽう》八年四月二十八日）に待ち構えている事と、同時に佐渡奉行への栄転が現実のものとなることを（歴史的事実）。

一行は何事もなく穏やかな足取りで一の鳥居を潜った。

神の御室と称されている「神体山三輪山《みわやま》」が一行の目前に大きく迫ってくる。この三輪山（標高四六七メートル）こそがつまり大神神社《おおみわじんじゃ》の御神体であった。

「次に目指すのが二の鳥居でござる。其処《そこ》から先が神体山三輪山の鬱蒼《うっそう》たる原生林に覆われた神聖この上もなき雰囲気が漂う本参道《ほんさんどう》となりまする」

鈴木三郎九郎が皆を見まわし、改まった口調の野太い声で言った。

当然のこと地勢を知り尽くしている代官所の侍（役人）たちは聞き流す態《てい》であったが、西条家の家臣たちは皆、頷きで代官鈴木に応えた。

粛粛《しゆくしゆく》として一行は進んだ。まるで一行のためにそう演じられているかの如く、参拝客の姿は見当たらない。

静かだ。

進むにしたがって通りの両側に、旅籠《はたご》や素麵《そうめん》・饂飩《うどん》などを食べさせる店が目立ち出した。

「そうめん　うどん」の暖簾《のれん》を下げた店の前に出て落葉を掃き集めていた店主らしい白髪《しらが》の老人が、

「これは御代官様、御苦労様でございます」

と親しみを込めた笑顔で丁重に腰を折る。

「おう、その後どうじゃな腰の痛みは」

「はい。御蔭様で随分と楽になりましてございます」

「それは何より。無理をせず大事にな」

「恐れいります」

やわらかな双方の言葉のやり取りを聞いて、ようやくのこと内心緊張を抑え込めないでいた美雪の気持が温まり出した。

美雪は小声で訊ねた。

「鈴木殿。そう言えば大和国《やまとのくに》で名高い三輪素麺《みわそうめん》は、この三輪山の麓あたりで誕生したのではありませぬか」

「はい、その通りでございまする。正確に申し上げますと、いま我我が居りまする此処より北へ半里と無い箸中《はしなか》と申します地に、第七代孝霊《こうれい》天皇の皇女倭迹迹日百襲姫命《やまとととひももそひめのみこと》の墓と伝えられまする『箸墓古墳《はしはかこふん》』と申すのがございまして、三輪素麺《みわそうめん》はその箸中《はしなか》の地で『応仁《おうにん》・文明《ぶんめい》の乱』（応仁の乱とも。応仁元年・一四六七の五月勃発《ぼっぱつ》）が鎮まった辺りで生まれたようでございまする」

「え……鈴木殿がいま申されました倭迹迹日百襲姫命《やまとととひももそひめのみこと》の墓と申しまするとか……若《も》しや」

「やはり美雪様、お気付きなされましたか。その若しや、でございまする。江戸及び京、大坂の有力学者の間では近頃、日本のあけぼの時代に存在した邪馬台国《やまたいこく》の女王卑弥呼《ひみこ》の墓ではないか、という推論が浮上いたしておるようでございます」

「そのようですね。私《わたくし》が通うております江戸の『史学館』教授の方方《かたがた》も、確かにそのような推論へと傾きつつあるようです」

「いずれ時が経ち、歴史を積み重ねていくにしたがい、学者の方方《かたがた》の努力によって卑弥呼《ひみこ》の墓であるかどうかは明らかになってゆきましょう、それまではむしろ誰の墓であるのか判然としない方が我我凡人にとっては、なんとなく楽しいような気も致しまする」

「仰る通りでございますね。鈴木殿が将来の勤めの場にと強く望んでいらっしゃいまする佐州も大層歴史の深い島でありましょうから、幕府官僚として学び研究する姿勢が尚《なお》のこと大事となって参りましょう」

「仰せの通りでございまする」

美雪は「箸墓《はしはか》古墳」の真実がいずれ明らかとなるであろう未来へ、奈良代官鈴木三郎九郎は遠流《おんる》の地佐州で勤めに励む日が訪れることへの期待へ、共に思いを馳《は》せながら一行と共に二の鳥居へと次第に近付いていった。

神亀元年（七二四）の「遠流《おんる》の制」では、高貴な知識人《ちしきびと》が多く流された佐渡国《さどのくに》（佐州）のほか伊豆国《いずのくに》（静岡県）、安房国《あわのくに》（千葉県）、常陸国《ひたちのくに》（茨城県）、隠岐国《おきのくに》（島根県）、土佐国《とさのくに》（高知県）の六国が流刑先と定められている。この執行《しっこう》にはたとえば奈良時代にあっては刑部省《ぎょうぶしょう》（国政最高機関**太政官**《だじょうかん》の八省の一つ）が、平安時代にあっては強大な権限を有する検非違使庁《けびいしちょう》が領送使《りょうそうし》（護送官僚）に任ぜられていた。

「遠流《おんる》」は、いわゆる凡下《ぼんげ》（下級の民）の犯罪者が小舟に乗せられて島へと送り出される「島流し」とは、平易に言えばその「**格**」も「**性格**」も著しく異なっている。このことを歴史の一つのかたちとして正しく知っておくことは非常に大事だろう。たとえば『平治《へいじ》の乱』（平治元年・一一五九）で平清盛《たいらのきよもり》に敗れて討たれた源義朝《みなもとのよしとも》の子頼朝《よりとも》（のち鎌倉幕府・征夷大将軍《せいいたいしょうぐん》）は伊豆国《いずのくに》へ流され、また鎌倉幕府打倒に失敗した後醍醐《ごだいご》天皇の遠流《おんる》の地は隠岐国《おきのくに》であり、後鳥羽法皇《ごとばほうおう》と衝突《しょうとつ》した浄土宗の開祖である法然上人《ほうねんしょうにん》は土佐国《とさのくに》へ、という具合である。

要するに「遠流《おんる》」とはつまり流罪《るざい》といえども遥かに別格なのだ。

また「箸墓古墳《はしはか》」については美雪も代官鈴木三郎九郎も、三百数十年後という後世の研究者たちが「放射性炭素による年代測定法」という高度な科学的手法で箸墓古墳の「築造年代《ちくぞうねんだい》」にメスを入れ画期的結論に迫る事になろうとは、むろん知るよしもない。

この科学的手法によって「築造年代」が卑弥呼《ひみこ》の時代にほとんど合致《がっち》したのである。「大和国《やまとのくに》の箸墓《はしはか》古墳こそ卑弥呼《ひみこ》の墓である」と言わんばかりに。

九

一行の先頭にあった土村小矢太が足を止め、列を少し手前へと戻った位置で「美雪様……」と声を掛けた。

邪馬台国《やまたいこく》の女王卑弥呼《ひみこ》について小声で話を交わしていた美雪と代官鈴木が歩みを止めて小矢太の方を見た。

これによって一行皆の歩みが其の場で止まった。

「如何《いかが》いたしました小矢太」

「はい。美雪様あのう……」

小矢太はそこで言葉を切ると、黙って前方を指差してみせた。

それこそが恐らく二の鳥居《とりい》なのであろう、立派な鳥居が一町（一〇九メートル）ばかり先に原生林に左右から挟まれるかたちであり、その鳥居の下にひと目で神職にある者と判る身形の数人が立っていた。

代官鈴木がやや早口で美雪に囁いた。

「鳥居の下でお待ち下さっている方方《かたがた》の中で、中央の背丈に恵まれた御方が大《おお》神神社《みわじんじゃ》の筆頭神主《かんぬし》（大神主の意）高宮範房《たかみやのりふさ》様（実在）でいらっしゃいまする。ご先祖に高宮勝房《かつふさ》様（大神主正五位下左近将監《さこんのしょうげん》。後醍醐天皇の南遷《なんせん》に近侍）、高宮元房《もとふさ》様（大神主従五位下主水正《もんどのしょう》。賊徒討伐でも勇名を馳せる）などご高名な方方《かたがた》がいらっしゃいます。お知り置き下されませ」

「はい。承知致しました」

「それでは私が、大神主様にひと足先にお声掛けして参りましょう。急がずゆっくりと御出《おいで》ください」

「お手数をお掛け致します」

「いい御方でございますよ。大神主高宮範房様は」

代官鈴木はそう言い置くと、美雪に対し丁重に一礼して足早に一行の列から離れていった。

美雪は代官鈴木の後ろ姿が一行の先へと充分に離れてから、まだこちらを見ている小矢太に対し涼しい声で「参りましょう」と、頷いてみせた。

再び一行は歩み出した。

美雪は、(この刻限に私《わたくし》たち一行が二の鳥居に辿《たど》り着くことを、大神神社《おおみわじんじゃ》の神職の方方《かたがた》はどうしてお判りになったのであろう)と不思議に思いながら、次第に二の鳥居へと近付いてゆく代官鈴木の後ろ姿を見守った。

このとき「恐れながら……」と、忠寛が後ろから美雪に声を掛けた。

「忠寛、私《わたくし》と並んで歩きなさい。どう致しましたか」

「はい……」

と、忠寛が美雪の白い項《うなじ》に目をやりつつ、しかし直ぐに視線をそむけて美雪と並んだ。耳のあたりを赤らめている。

「上様のお名前が入った大切な名刀。かなり重くご負担をお掛け致しますが、この場で〝筵巻《むしろまき》〟を開き美雪様の手でお持ちなされますか。ご神職の方方《かたがた》のご面前にて〝筵巻〟を開くのは如何《いかが》なものかと思われまするゆえ」

「いいえ、〝筵巻〟のままで構いませぬ。筆頭神主高宮様に御手渡しする直前まで、ご苦労ですが忠寛、いま暫く背負うていてください」

「ですが美雪様が筆頭神主高宮様に上様からの御言葉を述べられて朱印状ほかを御手渡しなされます席に、私ごとき一家臣が同席しても宜しいものでしょうか」

「其方《そなた》は一家臣などではありませぬ。何をもって一家臣という表現を用いなさるのですか。其方《そなた》は七千石旗本西条家の家老戸端元子郎の嫡男であって、しかも念流の達人ではありませぬか。一家臣というような言葉を用いるものではありませぬ」

「も、申し訳ありませぬ」

「私《わたくし》が御役目を終える迄は、常にそばに控えていること。宜しいですね」

「は、はい。畏《かしこ》まりましてございます」

忠寛は頭を下げると、元の位置へ退がっていった。

先頭の小矢太がいよいよ二の鳥居へと近付いて歩みを緩めたところで、美雪は列から外れて小矢太の位置へと向かった。それが阿吽《あうん》の呼吸というのであろうか、忠寛は今いる自分の位置を変えなかった。

美雪はにこやかな優しい表情でこちらを見つめている高宮範房筆頭神主に対して、数間《すうけん》の間《あいだ》を空けた位置で先ず立ち止まり、うやうやしく頭を下げた。

茶筅総髪の若侍の身形であるとはいえ、そこは「育ち」と「教育」というものであった。圧倒的な、という表現を用いてさえまだ足りそうにない美雪の余りの美しさは、むしろ若侍の身形ゆえに不思議な眩しさ、輝きを漂わせていた。

高宮範房筆頭神主はともかく、若い神職にある者たちは美雪のその「気高さがある」とさえ言える美しさに、然《さ》り気《げ》なくではあったが息を止め目を見張った。

美雪はゆっくりと高宮筆頭神主の前に近付き、もう一度、深深と腰を折った。そして面《おもて》を上げ、

「私《わたくし》……」

と、今まさに初対面の言葉を切り出そうとしたとき、やわらかに深深と腰を折った高宮範房筆頭神主がそれこそ大神主にふさわしい穏やかさで面《おもて》を上げ、美雪よりも先に口を開いた。ゆったりとした、労《いたわ》りを込めたと居並ぶ者の誰にも判る口調であった。

「ようこそ、本当にようこそ御出下《おいで》されました美雪様。遠い江戸よりご無事で大和国《やまとのくに》へご到着なされましたることを心よりお喜び申し上げます。私、当神社の大神主高宮範房でございます。おそれ多いことに征夷大将軍《せいいたいしょうぐん》徳川家綱様および幕府御重役筆頭大番頭七千石西条山城守貞頼様よりすでに御丁重なる御手紙も頂戴致しております」

「左様でございましたか。大神主様に改めて御挨拶申し上げまする。私《わたくし》、筆頭大番頭西条山城守貞頼が娘、美雪と申しまする。用心のためとは申せ、かかる茶筅総髪の若侍に身を変えてお目にかかりまする無作法を心苦しく思っております。何卒《なにとぞ》、ご容赦《ようしゃ》お願い申し上げます」

そう言って美雪はもう一度、丁寧に頭を下げた。

「いえいえ。遠い江戸よりこの大和国《やまとのくに》へ無事にお着きになられ何よりでございました。身形のことなど、どうぞお気になされませぬよう。ともかくも御無事で御出戴《おいで》けましたることを何よりの喜びとして心からお迎え申し上げまする。それに致しましても、何故でございましょうか、美雪様にはじめてお目に掛かるような気がどうしても致しませぬ」

「え？……」

「あれは奈良町の中御門町《なかみかどちょう》西に奈良代官所が大変大規模な構えで置かれた寛文四年（一六六四）春の事でございました。徹底したお忍びの旅でこの三輪の地へひっそりと御越し下されました四代様（徳川家綱）の身辺警護の御役目で柳生《やぎゅう》飛騨守宗冬《ひだのかみむねふゆ》様と共にご同行なされました西条山城守様から、美雪様のことを色色と聞かされていたせいかも知れませぬ。あの頃の美雪様は確か……」

「奈良町の中御門町西に大規模な奈良代官所が置かれた寛文四年の春と申しますると、私《わたくし》が四歳の時でございまする」

大神主高宮範房と美雪との間で話が始まったことで、代官鈴木は配下の者に無言のまま手振りで指示を発しつつ美雪から離れていった。自分の用は済んだ、と気を利かせた積もりなのであろうか。

「ええ、ええ。それはもう可愛くて仕方がないという口ぶりで、当時の大神主でありました父高宮清房《きよふさ》（実在）と御一行の御世話係を任されました私に美雪様のことを色色とお聞かせ下さいました。おそばにいらっしゃいました四代様と柳生飛騨守様が思わず声に出して明るく笑われなされました程《ほど》に……」

「寛文四年と申せば、上様も柳生飛騨守様も父もまだお若《わこ》うございました。上様は確か二十四歳、柳生飛騨守様は五十二歳ではなかったかと思いまする」

「これはまあ、さすがに西条山城守様の御息女美雪様でいらっしゃいます。四代様や柳生宗冬様のお年が即座に正しくお口から出るなど、男の幕臣であってもなかなかに出来るものではありませぬ。その頃の私もまだ十七、八歳の青二才でございまして大神主である父高宮清房の背中から次席神主の立場で多くを必死に学んでいる最中でございました」

「大神主であられたお父上様の高宮清房様は、大神神社《おおみわじんじゃ》の拝殿《はいでん》（国重要文化財）の竣功《しゅんこう》をお見届けなされた上様ご一行が大和国《やまとのくに》をお離れなされたあと、急に御体調を崩されて身罷《みまか》られた、と父西条貞頼から伺《うかが》っておりまする」

「はい。大神主でありました父清房は上様の大変な御尽力《ごじんりよく》によりまして神社の拝殿が立派に完成致し（歴史的事実）、しかもそれを上様ご自身の目で見届けて戴けたことで安心致しましたのか、急に体調を崩しまして、治療の効なく、寛文四年十月二十九日他界致しましてございまする（歴史的事実）」

「まあ、それでは拝殿の竣功致しました年に……」

「余程に安心致しましたのでしょう。苦しむことも痛むこともなく誠に安らかに永眠致しましてございまする。あ、美雪様、ともかくも先ず拝殿の方へご案内致しましょう。どうぞ……」

一行は大神主高宮範房を前にして、参道を境内《けいだい》奥目指して歩み出した。大神主の他の神職にある者は、一行の後ろ――腰元たちの後方――へと回った。これは大神神社《おおみわじんじや》側の美雪たち一行に対する、最高儀礼の出迎えであると言えた。普通は、王城の地・大和国《やまとのくに》の一ノ宮、これはつまり日本の国の一ノ宮を意味する伝統ある最高格式の神社の神職にある者（たち）が、訪れた列（いかなる身分であろうと）の後位に付くことなどはあり得ない。

鬱蒼《うつそう》たる「神体山三輪山」の原生林に挟まれた参道の右手は緩やかな上がり

傾斜で、左手は下がり傾斜となり直ぐのところに「祓《はら》い川《がわ》（活日川《いくひがわ》とも）」の清い流れ（小川）があった。

「祓《はら》い川《がわ》」の向こうは竹、雑木、巨木が混在する神鹿《かみのしか》の棲《す》む深い森である。

代官鈴木三郎九郎と配下の者たちの姿は、参道のどこにも見当たらなかった。ただ、美雪は、参道の左右の森の中に、チラリと人が動いたらしいのを二度、視野の端で捉えていた。自分の用は済んだ、とばかり消えていったらしい代官鈴木三郎九郎とその配下の者たちが、美雪たち一行が境内奥にまで辿り着くのを矢張り最後まで森に潜んで見届けようとしているのであろうか。森に潜めば警護ともなる。

前を行く高宮大神主が少し歩みを緩めて、美雪と肩を並べた。

そして、やや硬い表情で、そっと切り出した。

「美雪様。この大和国《やまとのくに》とは切っても切れない間柄にある柳生藩の藩主で徳川将軍家兵法師範の地位にあられました柳生飛驒守宗冬様（江戸柳生の祖、柳生宗矩《むねのり》の三男）が延宝三年（一六七五）九月二十六日にお亡くなりになられ、なんとそれと同じ年の二月四日には、柳生家の優れた後継者と評されておられました宗冬様の御嫡男宗春《むねはる》様が原因のよく判らない病にて急死なさっておられます。大和国《やまとのくに》の人々は宗春様の死を未《いま》だに惜しいと心から思っておりまする」

「はい。柳生家のその不幸より僅かに四、五年を経《へ》ました先頃になって、二十七歳の若さでお亡くなりになられました柳生宗春様の幕閣における評価が、いよいよ高まっていると父から聞かされたことがございまする」

「と申しますると、従五位下柳生飛騨守宗冬様の亡き跡を二十二歳で継がれました柳生家御二男、宗在《むねあり》様の幕閣における評価は宗春様に比べ……」

「あ、いえ……」と美雪は、それから先を大神主高宮範房に言わせてはならぬ、とやわらかく制して静かに言葉を続けた。

「二十七歳の若さで突然お亡くなりになられました柳生宗冬様の御嫡男宗春様は、剣を取っては祖父であり江戸柳生の祖でもある柳生但馬守宗矩様や、豪剣で知られた柳生十兵衛《じゅうべえ》三厳《みつよし》様（柳生宗矩の長男）を超える剣の天才と言われておりまする」

「はい。それにつきましては、神職にあります私共の耳にも入っております」

「宗春様の素晴らしいところは、剣に優れるばかりではなく、和歌に偉才を発揮なされ、書画をよく解し、ご性格も誠に優美な点にある、と父からは聞かされております」

「美雪様は、柳生宗春様にお会いなされましたことは？……」

「いいえ。ございませぬ。ただ、お名前を知るのみで」

高宮大神主の歩みが祓《はら》い川《がわ》に架かった木橋を渡ったところで止まり、美雪の足も遅れることなくそれを見習った。

祓《はら》い川《がわ》の木橋を渡って直ぐの左側に祓戸《はらえど》神社《じんじゃ》があり拝殿の待つ奥境内へ参るには先ず祓戸神社で心身を清めるための祈りを捧げなければならぬ、とすでに父西条貞頼から教えを受けている美雪だった。

高宮大神主から促されるまでもなく美雪は祓戸神社の前に立って合掌《がっしょう》した。その後ろへ家臣の九名が迷うことなく横に並んだ。

高宮大神主が感心するほどに、それは真剣さに満ちたかなり長い祈りであった。

一行は心身を清める祈りを済ませると、再び高宮大神主のあとに従って石組の階段——最初の——を静かに上がり出した。

野鳥の囀《さえず》りひとつ無い、風さえ吹き抜けることを禁じられているかのような清冽《せいれつ》で深い静寂の中にあるおごそかな参道だった。

それにしても、これはいささか異様、と思ってよい程に参拝者の姿が見当たらない。

最初の短い階段を上がり切った左手に、「三輪の神」と人間の「美貌の女性」との熱い恋物語を伝える「夫婦岩《めおといわ》」があって、その前を過ぎた所——二度目の階段の手前——で、美雪は控えめな口調で訊ねた。

「あのう、高宮様。お訊ね致したいことがございます」

「はい、どうぞ、どのような事でも」と、高宮大神主は笑顔で振り向いたが、歩みは少し緩めただけで、姿勢を前に戻した。

美雪は三、四歩、足を速めて高宮大神主と肩を並べた。

境内に向かって、更に次の階段が続いている。長い風雪の歴史を耐えてきた石組の階段は、角が磨り減《す へ》って丸みをおびている（現在は綺麗に整備）。

美雪は、やや言葉を選び選びしながら訊ねた。

「さきほど二の鳥居で、訪れた私共一行をお出迎え下さいましたけれど、あの刻限に私共が訪れることを、どうしてお判りになったのでございましょうか。それが不思議に思えてなりませぬ」

「あ、その事でございますか……」

と、高宮大神主は明るく破顔した。

「お祖母様《ばばさま》でございまするよ」

「お祖母《ばは》……え？」

相手の言葉を思わず鸚鵡《おうむ》返しにしかけて思い止まった美雪の端整な顔に、驚きが広がっていった。聞き間違いではなかった。「三輪王朝の中心地」と称することさえ許される、ここ幽邃《ゆうすい》の地で最高格式の伝統を誇る古社、大神神社《おおみわじんじゃ》の筆頭神主高宮範房が、事《こと》も無《な》げに確かに今「お祖母様《ばばさま》」と言ったのだ。

「あのう、いまお祖母様《ばばさま》と仰せでございましたか……」

「はい。申しました。曽雅《そが》家とはもう長い付き合いでございまするから、私は幼い頃から美雪様のおばあ様のことを、お祖母様《ばばさま》と呼ばせて戴いております。自分でも全く気付かぬうちに……」

「まあ、気付かぬうちに……左様でございましたか」

と、美雪の驚き様《よう》はまだ鎮まらない。その美雪を高宮大神主は気品に満ちた笑みを消すことなく、さらに追い討ちを掛けるようにして驚かせた。

「お祖母様《ばばさま》は私のことを、矢張り二つ三つの小さな頃から『範房、範房……』と抱っこして可愛がって下さったり、手をつないで散歩に連れ出して下さいましたり、まさに私にとっても、お祖母様《ばばさま》でございましたよ。今も可愛がって戴いております」

「それはまた……」

と、さすがに美雪は足を止め、背筋を少し反らせてしまった。予想だにしていなかった高宮大神主の言葉だった。

「で、お祖母様《ばばさま》は一体どのような方法で私共一行の到着の刻限を、大神主様へお知らせにあがったのでございましょうか」

「はははっ。お祖母様《ばばさま》の手足が刻限を教えるために神社に対して動いて下されたようです。私には〝ようです〟と曖昧《あいまい》にしか申せませぬが」

隠しごとも、言葉に飾りや偽りを持たせてもいないと判る、からりとした気質の高宮大神主の笑いである。

先祖に、後醍醐天皇の南遷に近侍し戦場《いくさば》にて赫赫《かっかく》たる武勲《ぶくん》を立てた大神主正五位下左近将監《さこんのしょうげん》高宮勝房《かつふさ》や、また賊徒討伐などにおいて勇名を馳せた大神主従五位下主水正《もんどのしょう》高宮元房《もとふさ》などの名があることから、その血を受け継いでいる高宮範房の気質も決して、か細《ぼそ》くはなさそうであった。

美雪は言葉やわらかく訊ねた。

「今お祖母様《ばばさま》の手足……と仰いましたが、それは曽雅家で働いている下働きの者たちを指しているのでございますか」

「いいえ。少なくとも曽雅家で働いている気立てよく仕事熱心な下僕たちを指している訳ではありません。少なくとも、という逃げの言葉を用いざるを得ないほど、実は私にも〝お祖母様《ばばさま》の手足〟の実態は全く見えていないのでございます」

「まあ……」

と、美雪の表情が曇った。只事でない、つまり聞き逃すことの出来ない高宮大神主の言葉である、と美雪は思った。

しかし、当の高宮大神主の表情は全く暗くはない。

「お祖母様《ばばさま》に幼い頃に可愛がられ、その後も付き合いの長い大神主様でも、〝お祖母様《ばばさま》の手足〟の実態は、見当も想像もつかないのでございましょうか?」

「はい。仰る通りです。見当も想像もつきませぬ」

淀《よど》みなく、さらりと言ってのけた高宮大神主であった。

階段の終わりが、目の前に近付いて来つつあった。

十

階段を上がり切った美雪は思わず息を呑んだ。いや、美雪に続いて次次と階段を上がってきた家臣たちも同様であった。

とくに忠寛は「刻《とき》が止まった」と感じて、その顔色を蒼《あお》ざめさせさえした。

そこは余りにも広大な、そして静けさが満ちて冷やりとした不可思議な感じさえ漂う境内だった。

深い森に抱《いだ》かれているにもかかわらず、明るい空間でもあった。

その境内に奥まって端から端までを占めるかたちで、荘厳《そうごん》で美しい巨大な建造物があった。しかも近付き難い眩しさを放っている。同時に名状し難い威圧感があった。

「拝殿《はいでん》（国重要文化財）でございます」

高宮大神主が囁くかのようにして、穏やかに美雪に告げた。

美雪は拝殿に向かって深深と頭《こうべ》を下げ、家臣たちも美雪を見習った。

美雪が面《おもて》を上げてから、高宮大神主が美雪ほか家臣皆に一語一句が判るようゆっくりと話し出した。

「あの拝殿は寛文四年（一六六四）三月、征夷大将軍《せいいたいしょうぐん》正二位右大臣・源家綱公《みなもとのいえつな》（四代将軍徳川家綱の意）の御尽力により造営されたものでございまして、建築奉行には大和国高取藩《やまとのくにたかとり》二万五千石植村家吉様《うえむらいえよし》が任ぜられました（歴史的事実）」

「上様が徹底したお忍びで、柳生飛騨守宗冬様と私《わたくし》の父西条山城守貞頼を伴なって大和国《やまとのくに》を訪れた時でございますね」

「左様でございます」

「拝殿造営については、幕府側から切り出されたものでございますか」

「いいえ。そうではございませぬ。当時の大神主であった私の父が江戸へ出府致しまして寺社奉行井上河内守《いのうえかわちのかみ》様に願い出てお聞き届け戴き、工事費用は江戸の幕府から直接ではなく、大坂の幕府御金蔵から金二千両が支給されましてございます（歴史的事実）」

「お願いの儀は、随分すらすらと運んだのでございますね」

「それがでございます。私は曽雅家の力が、つまりお祖母様《ばばさま》が何らかの影響力を発揮なされて、四代様と殊《こと》の外《ほか》ご親密な大身御旗本西条家の御殿様を動かしなされたのではないか、と近頃になって考えるようになっております」

「お祖母様《ばばさま》が私《わたくし》の父西条貞頼を動かした、と仰るのでございますね」

「だからこそ、四代様は徹底したお忍びで、二人の剣豪柳生飛騨守様、西条山城守様を伴なわれて大和国《やまとのくに》へ御出下さったのではないでしょうか」

美雪は返事をする代わりに、美しく荘厳な拝殿にじっと眺め入った。

感動が余程に大きいのか、小さな溜息を吐いている。

その美雪の整った横顔を見つめながら、高宮大神主は両手をゆったりとした身振りで広げてみせた。

「桁行は凡そ九間《けん》、梁間は四間ほどもございまして、四代様の御指示が特に細やかにございました。あの見事な大屋根は、一重屋根檜皮葺《ひわだぶき》の切妻造りでございます。また、ご覧の拝殿正面中央は千鳥破風《ちどりはふ》で内部は割拝殿《わりはいでん》の形式となってございます」

建築様式に関してはさすがに詳しい知識を持ち合わせていない美雪ではあったが、高宮大神主の説明に、こっくりと二度頷いた。

「この大神神社《おおみわじんじゃ》の歴史的特異性については、すでに御存知の事と存じますが、三輪山を神奈備《かんなび》（御神体）としておりまするため、拝殿を通してその背後にございます三ツ鳥居（国重要文化財）ごしに三輪山を拝みまする。そのため一般の神社に見られるような本殿と称するものがございません。のちほど、拝殿にゆっくりとお参り戴くと致しまして、ともかくも庁屋《ちようのや》（社務所の意）の『貴賓の間』に御案内申し上げます。どうぞこちらへ」

「宜しくお願い申し上げます」

美雪たち一行は高宮大神主の後に従ったが、誰の視線も荘厳な姿の拝殿から離れられないでいた。拝殿前にぬかずく参拝客の姿は、矢張り一人も見当たらない。森閑《しんかん》たる静寂が広い境内を覆い尽くしている。

一行の後ろに付き従っていた神職にある者たちの姿が、いつの間にか消えていた。

出迎えの役目を無事に済ませたと判断して、それぞれの持ち場へと戻っていったのであろうか。

美雪の直ぐ後ろに位置していた忠寛が、その間を詰めた。

「美雪様、いま手早く背中の〝莚巻〟を開けてしまいとうございますが」

「そうですね。佳奈に手伝わせましょう」

「心得ました」

小声の対話を済ませた忠寛は、後ろを振り返ってこちらを見ていた佳奈と顔を合わせると、手招いた。

頷いて佳奈は急ぎ足でやってくると、襷掛けを解き出した忠寛の求めに阿吽《あうん》の呼吸で気付き、〝莚巻〟を受けるようにして両手を差し出した。

佳奈が胸元で抱える〝莚巻〟を、忠寛は慎重にしかし手早く開けていった。

ほんの短い作業ではあったが、前を行く美雪との間が開いていく。

「美雪様との間を詰めるように」

忠寛は止《とど》まっている自分から後ろの者たちを、囁くようにして促した。一番後ろの腰元たちが忠寛の脇を抜けたとき、四代将軍徳川家綱から預かった天下の名刀が入った白木の箱は、佳奈の胸元から忠寛の手に渡っていた。忠寛と佳奈は油断なく辺りを見まわしてから、列の最後尾にいた腰元たちの後ろに続いた。

庁屋《ちようのや》の中へと消えていく一行を見守るのは、天神地祇《てんじんちぎ》の近付き難い威風を静かに漂わせている拝殿のみであった。相変わらず、ひとりの参拝者の姿も見当たらない。

大神神社《おおみわじんじや》の拝殿が、四代様が造営したよりも更に古い昔のいつ頃にはじめて創建されたのかについては今のところ、うかがう術《すべ》が無い。それほど遥《はる》かに古い格式高い神社であるということなのだが、たとえば『日本書紀』の崇神《すじん》天皇紀には（巨大な崇神《すじん》天皇陵《りよう》は大神神社《おおみわじんじや》北方わずか二キロ余にあり）、大神祭における崇神天皇の酒宴について明らかに記されており、その宴席で天皇が「味酒《うまざけ》三輪《みわ》の殿《との》の朝《あさ》戸《と》にも出《い》でて行《ゆ》かな三輪《みわ》の殿門《とのど》を」と歌を詠まれたとある。

夜通し美味しい酒を呑んでしまった、大神神社《おおみわじんじや》の朝早く開く戸口（殿門）を通って帰ろうか……とでもいう意味なのだろうが、この殿門《とのど》こそが拝殿を指すと言われており、つまり大神神社《おおみわじんじゃ》の拝殿は気が遠くなるほど古い昔に創建された、ということになる。

一行は庁屋《ちようのや》の「貴賓の間」へ通された。

南側に庭を見る明るい簡素な造りの、床の間が付いた十六畳の座敷であった。庭には楓が秋の色に染まって枝枝を広げ、そこを通って畳の上に落ちる日差しもまた、秋の色である。

美雪は一度は遠慮したが高宮大神主に強く勧められて、床の間を背にして座った。家臣たちは美雪から見て右側に、高宮大神主は美雪と向かい合う位置に座した。他に神職にある者の姿は無い。

緊張の一瞬が訪れていた。

静かにひと息を小さく吸い込んでから、高宮大神主は美雪に対しうやうやしく平伏した。目の前に在《おわ》すのは幕府重役西条山城守貞頼が息女美雪ではない。二十歳《はたち》を迎えたばかりのこの上もなき美貌の若い娘とはいえ、幕府第四代征夷大将軍正二位右大臣源家綱《みなもとのいえつな》（徳川家綱）の御名代である。つまり徳川家綱「その人」である。

高宮大神主の口上はおごそかであり、かつ滑らかであった。

「このたび当大神神社《おおみわじんじゃ》のために、将軍家御名代として遠い江戸より重い御役目を負い大和国《やまとのくに》へ御越《おこ》し下されましたる事を、社家《しやけ》総代（神職総代）と致しまして心よりお喜び申し上げまする。顧《かえり》みますれば、それはそれは若若しくあられました四代様（徳川家綱）が柳生飛驒守宗冬様、西条山城守貞頼様の御二人を伴《とも》なわれ、かつてなき徹底したお忍びを調えられまして大和国《やまとのくに》へ御出《おいで》なされましてから早《はや》十五年。この高宮範房、その当時のことを改めて昨日《きのう》のことのように胸の内に甦《よみがえ》らせまして誠に感慨《かんがい》無量でございまする」

「温かなお言葉、身に染みましてございまする。どうぞ面《おもて》をお上げ下されませ。用心旅のため、このように見苦しい身形を余儀無くされましたこともあり、上様からは『堅苦しい作法言上《さほうごんじようとう》等は抜きとして美雪なりの手順で役目を進めてよい』と御許しを頂戴致しておりまするとから、その御言葉に甘えさせて戴き上様より御預かりして参りましたる大切な御品及び御朱印状、目録など、簡略の作法にてお渡し申し上げまする。ご承知下されませ」

「有り難うございまする。慎んで御頂戴申し上げまする」

高宮大神主がゆっくりと面《おもて》を上げると、美雪は目を合わせて微かに微笑み頷いてみせてから、視線を忠寛へと移した。

忠寛が「はいっ」という表情を拵えて、膝前に置いてあった刀が納められている白木の箱と、真っ白な地に葵の御紋が金糸で刺繡《ししゅう》されたひと目で絹と判る風呂敷で包まれた二品を美雪の前へと持っていった。

それは美雪が高宮大神主に対して言った通り、極めて簡略な作法に則《のっと》った御役目の遂行であった。

刀、大神神社《おおみわじんじゃ》の現在の石高を安堵《あんど》し且《か》つ向こう三年間の五十石加増を証する朱印状、そして拝殿・大直禰子《おおたたねこ》神社（国重要文化財）・三ツ鳥居など貴重構造物に対する営繕費補助の目録、などが次次と美雪の手から高宮大神主へと手渡されていった。

「貴重構造物に対しましての営繕費の補助につきましては、目録に沿いまして追って幕府の大坂御金蔵より支給されることになりまする。早い内に大坂より委細につきまして連絡がございましょうから、暫しお待ち下されますよう」

「これほど助かることはございませぬ。古代よりの神社でございまするゆえ、日日あの部分この部分の傷みが目立ってきております。四代様になにとぞ社家一同の感謝の気持をお伝え下さいますようお願い申し上げます」

「上様お名入りの刀剣につきましては稀代の宝刀としてくれぐれも大切になされますように」

「それはもう、緊張感をもって大事にお守り致しますることを御約束申し上げます」

「これにて私《わたくし》の御役目は終えました。営繕費補助の目録には金高《かねだか》が示されておりませぬが、私共《わたくしども》一行の手で江戸より持ち運ぶにはいささか負担になり過ぎる額、と思《おぼ》し召《め》し下されませ」

「身に余る喜びと感謝でございます。真《まこと》にもって実に恐れ多いことでございまする」

高宮大神主は、もう一度丁寧に平伏してみせた。

「上様はご壮健でおられます。ご自身の足で二度目の大和国《やまとのくに》入りを果たしたい御様子であられましたが、寛文四年（一六六四）のお忍び旅では西の国へ旅したにもかかわらず御所様（天皇）の在《おわ》す京《みやこ》に立ち寄らずして江戸へお戻りなされたこともあって、私《わたくし》が御役目を預かりましてございます」

「四代様ご壮健と聞きまして、安堵《あんど》いたしましてございます。いつ迄もいつ迄もおすこやかであられますよう神職にある者として心から三輪の御神体にお祈りを捧げまする」

「その御言葉、確かに上様にお伝え申し上げておきます」

つとめて明るくそう言いながら、美雪の心の中は重く曇《くも》っていた。四代将軍徳川家綱の健康状態は現在《いま》、すこぶる良くない状態にあった。

また幕閣においては、文武の評価実は極めて高かった家綱の体調の衰えと気力が衰微しつつある中、「下馬将軍」の異名をとる大老酒井忠清《たいろうさかいただきよ》（寛永《かんえい》元年、一六二四～延宝九年、一六八一）の専横《せんおう》が著《いちじる》しく目立ち出していた。

たとえば、家綱から二万石加増の「内示」を得たのも、昨今のことであり、まさに門閥大老《もんばつたいろう》政治が炎《ひ》を噴かんとしていたのだった。

また大老酒井は、家綱の体力、気力の衰えに乗じて、現将軍がいまだ権限の座に「存在」しているにもかかわらず、京《みやこ》から宮家《みやけ》の有栖川宮幸仁親王《ありすがわのみやゆきひとしんのう》を迎えて「宮将軍」の座に就《つ》ける策を謀《はか》り、政治を知らぬ「宮《みや》将軍」に代わって己《おの》れが執権《しっけん》として権勢《けんせい》を奮《ふる》うことを企《くわだ》てつつあった。

その大老酒井と家綱との間に緩衝材《かんしょうざい》としての生垣《いけがき》（人垣）を然《さ》り気《げ》なく張りめぐらしていたのが、武炎派《ぶえん》（武断派とも）と称される西条山城守貞頼をはじめとする大番、書院番、小姓組番、小十人組、そして新番のいわゆる番方「五番勢力」二千五百余名の練士たちである。

これは手強《てごわ》い。

将軍のためならば命を投げ出すことも厭《いと》わぬ「武官」である彼らを、いかに下馬将軍酒井忠清といえども、その全員を左遷《させん》させて無力化することなど、まず不可能である。

その前に、殺《や》られる。逆に必ず……。

高宮大神主が、にこやかに言った。

「正二位右大臣、征夷大将軍様が十五年の昔、遠い江戸よりこの大神神社《おおみわじんじゃ》へお越し下されましたること、またその旅が徹底したお忍び旅でそのためお越し下されましたる事実が歴史に一片の跡としてさえも残らないこと、そのことを私は大神主として誇りに思いまする。四代様が右大臣から左大臣へ、また左大臣から太政大臣へとご昇進あそばされることは、間違いないと確信致しております」

「これは父西条山城守より聞かされたことでございますけれど、上様はすでに万治《まんじ》二年（一六五九）に御所様（天皇）より左大臣への昇進を内示されていたそうでございます」

「え……」

「しかし上様はその内示を、『左大臣に登るには自分はまだ若過ぎる』と丁重に御辞退なされたとか（歴史的事実）」

「そのようなことが、ございましたか……」

「これも父が申していたことでございますが、上様はそう遠くないうち、間違いなく正一位太政大臣に登り詰められるであろう、とのことでございます」

美雪はそう言いながら、上様がご存命の内にご昇進あそばされまするように、と胸の内で強く願うのであった。死後に昇進するようなことがあったなら、それは余りにも悲し過ぎる、と思った（没後、正一位太政大臣への昇進が歴史的事実となる)。

　このとき、美雪の右側に居並ぶ家臣の最も末座――庭とは真逆にあたる廊下側――の留伊が、障子の方へきつい視線を向けた。どうやら人の気配を察したようである。

　美雪は留伊へ声を掛けた。

「どう致しました留伊」

「はい。障子の外に人の気配が致しましてございます」

　そのひと言で、家臣たちの手が、脇に置いてある刀へとのびた。

「構いませぬ。障子をお開けなされ」

　指示されて頷いた留伊が立ち上がり、障子と体との間を充分に空けたかたちで左手をのばし、障子を素早く開けた。

　廊下に神職の身形の者が、恐れ入ったようにひれ伏していた。

「大神主様、其方《あなた》に御用なのではございませぬか」

「は……」と、高宮大神主は上体をねじるようにして廊下の方を見た。

「延彦《のぶひこ》ではないか。何ぞ用が生じたのですか。よいから面《おもて》を上げなされ」

「はい」と答えて面《おもて》を上げたのは、まだ十八、九かと思える若い神主だった。

「ただいま海竜善寺《かいりゆうぜんじ》の御住職百了禅師《びやくりようぜんじ》様が御見えになられました」

「おお、御見えになられましたか」

海竜善寺と聞いて、美雪の美しい表情が僅かだが動きを見せた。海竜善寺といえば、佐紀路《さきじ》（東大寺転害門《てんがいもん》から法華寺までの間をいう）の名刹《めいさつ》で「佐紀路の菊寺」の名でも知られた大禅刹《だいぜんさつ》である。

そのことを知らぬ筈がない美雪であった。また高徳《こうとく》（すぐれて高い徳）の禅僧として「禅師」の勅号《ちよくごう》を朝廷より賜《たまわ》る百了禅師《びやくりようぜんじ》の名は、修行時代の苦労を生涯の糧《かて》とする思想を大事とし現在《いま》も清貧《せいひん》の身形《みなり》で各地を歩いて辻説法を忘れぬ偉大なる高僧として余りにも有名だった。

「美雪様……」

と、高宮大神主が姿勢を正して真顔を強めた。

「実を申しまするとと本日、『佐紀路《さきじ》の菊寺』の名で知られておりまする大禅刹《だいぜんさつ》『海竜善寺』の百了禅師《びやくりようぜんじ》様がこの庭で紅杏色《べにあんずいろ》に紅葉致しておりますす樹齢二百五十年と伝えられておりまする大楓《おおかえで》を御覧《ごらん》に御出《おいで》になることになっておりました」

「左様でしたか。で、その紅杏色に紅葉した大楓と申しまするのは？」

「この位置からは見えませぬゆえ、恐れ入りますが、のちほど私が御案内させて戴きまする」

「判りました。それに致しましても大楓の葉の一枚一枚が、古代に我が国に渡来した杏《あんず》の実の色と桜桃《ゆすらうめ》の実の色とを掛け合わせた不思議色に熟《じゅく》すとは、想像を掻《か》き立てられます」

「真に美しい色でございます。まさに名状し難い色、と申しましょうか。百了禅師《びゃくりょうぜんじ》様は大事なお客様を伴なわれて御出のようでございまするから、美雪様はのちほどゆっくりと観賞なさるのが宜しいかと思います」

「はい。楽しみにお待ち致します」

「お祖母様《ばばさま》より、お着替えのお着物が届けられておりますから、それをお召しになり、大楓を観賞なさって下さい」

「え……お祖母様《ばばさま》からお着替えが？」

と、美雪の端整な顔が思わず呆気《あっけ》に取られたようになる。

「おそらく美雪様のお母様が若い頃に着ていたお着物でございましょう。では、庭側の障子を閉じさせて戴きます」

高宮大神主は何事もないような口調で言うと、若い神主と目を合わせて「行きなさい」という感じで頷いてみせ、自分は立ち上がって庭側の障子を静かに閉めはじめた。

それを見届けてから、若い神主はまだ呆気に取られた感じを残している美雪に向かって平伏し、そしてやや急ぎの摺り足音を鳴らして去っていった。

美雪は思い直したように、凛《りん》とした美しい表情を取り戻して言った。

「さて、大神主様。極めて簡略に上様から命ぜられました御役目を済ませて戴きましたが、お手渡し致しました上様御名入りの名刀は邪《よこしま》な者《もの》（悪党）の垂涎《すいぜん》の的《まと》になりかねない大変価値高い刀、と父から聞いております。家臣の者に付き添わせますするゆえ、どうぞ早い内に宝物殿へお納め下さいまするよう」

「承知致しました。そうさせて戴きます」

「忠寛」

「はい」

「私は此処で待っておりますから、家臣皆で大神主様を御護《おまも》りし無事に宝物殿に納められる迄を見届けなされ」

「畏《かしこ》まりました」

家臣一同が腰元も含めて一斉に立ち上がり、続いて美雪に対し深深と頭《こうべ》を下げた高宮大神主も腰を上げ、そして廊下へと出ていった。

美雪は「貴賓の間」にひとり残され、さすがに安堵を深めて小さくひと息を胸の内へ吸い込んだ。

日差しを浴びて明るい障子の向こうで、雀が囀《さえず》っている。

「のどか……」

美雪が、ぽつりと呟く。

美雪はこのとき想像だにしていなかった。

その妖しい豊かさを秘めた女体《からだ》に震えあがるような大衝撃を与える出来事が、ひたひたと身近に近付きつつあることを。

それはこの大和国《やまとのくに》における美貌の女《ひと》の運命を左右しかねないほど熱《あつ》い大衝撃であると言えたが、しかし心やさしい美雪は、明るい障子の向かうから聞こえる雀の囀りにゆったりとした気持で耳を傾けていた。

と、美雪の彫り深く整った面《おもて》が微かに動いた。

庭に敷き詰められた玉砂利《たまじゃり》を踏む足音が聞こえてくる。穏やかな歩き様だと判る足音だった。

清貧高徳《せいひんこうとく》の高僧、百了禅師《びゃくりょうぜんじ》様の訪れであろう、と美雪の心は和《なご》んだ。高宮大神主が言っていたように、大事なお客様を伴なわれるとみえ、玉砂利を鳴らす足音は二人か三人……と美雪は読んだ。

足音が一層近付いてきて、そして「貴賓の間」の障子の向こうで止まった。

美雪は「お許し下されませ百了禅師《びゃくりょうぜんじ》様」と胸の内で詫びつつ、脇に横たえてあった刀を柄を右にして膝の上に移した。このような場合であっても油断してはならぬ、という考えのためであった。

障子の向こうから声が聞こえてきた。老いた人のもの、と判る声であった。

「ご覧なされ。あれが大楓じゃ。高さはおそらく十丈《じょう》(凡そ三十メートル)を超えるじゃろう。幹回《みきまわ》りの差渡《さしわた》しは下の方で一間半《けんはん》(二メートル七十センチ余)くらいかのう。大層な巨木じゃ」

「……」

相手の応答はなかった。おそらく見事に熟した大楓に心奪われて答えようとも出来ず黙って頷いているのだろう、と美雪はその場の光景を想像した。

百了禅師《びやくりようぜんじ》――おそらく――の声が続く。

「あの大楓の大枝の真下にまるで寄り添うようにしてある貧相な柿の木を見なされ、今にも折れるのではないかと、はらはらさせる程に細い幹回りであるというのに、毎年あのように無数と言える程の実を付けるのじゃ。こうして充分に離れた位置から眺めますると、熟《う》れた柿の実がさながら金木犀《きんもくせい》の花のように見えましょう。家康公の時代に我が国に渡来するやたちまちのうち全国に広がった金木犀は、あの『鈴成《すずな》りの実』を付けている柿の木のためにあるのではないか、と思えるほどじゃ。だから、この三輪の里の人人は、あの柿の実のことを『花柿の実』と言うておりますのじゃ」

「……」

矢張り相手の応答はなかった。美雪は、金木犀の花を思いつつ柿の木を感心したように眺めて腕組をしている相手の様子を勝手に想像し、そのような自分にひっそりと小さな苦笑《くしよう》を漏《も》らしてしまった。

百丁禅師《びやくりようぜんじ》と思われる人の話し様はゆったりと流れる大河のようで、その余りの魅力に美雪は取り込まれていく自分を感じていた。

「古今集の秋の歌に、こういうのがあるのを多分知っておられよう。『龍田川《たつたがわ》紅葉《もみじ》乱れて流るめり渡らば錦《にしき》中や絶えなむ』。龍田川というのは、生駒川《いこまがわ》の下流を指しましてな、斑鳩里《いかるがのさと》の西側あたりを南へと流れ王寺《おうじ》の里の東端あたりで大和川に注いでおるのじゃが」

「…………」

「実はこの庁屋《ちようのや》（社務所）の直ぐそばを活日川《いくひがわ》（祓《はら》い川《がわ》）という清い小川が流れておりますのじゃが、秋が深まって大楓の葉が散り出すと、それが活日川《いくひがわ》の水面《みなも》に注いで錦色《にしきいろ》（もみじ色の意）の帯となって静かに流れていくのじゃ。これがまた一段と美しゅうて、私は毎年秋この三輪の里を訪れてその錦色の流れを眺めては、今の古今集の歌を小声で詠《うた》うことを楽しみにしておりましてな」

「龍田川紅葉乱れて流るめり渡らば錦中や絶えなむ……さすがに、いい御歌《おうた》でございますね。龍田川が紅葉を乱して綺麗に流れている。この流れを若し渡ると錦色の流れが途中で切れてしまうなあ、とでも解釈してよろしゅうございましょうか」

「うむ、結構じゃ。お見事」

はじめて対話となった声が聞こえてきた。若若しい男の声であった。

美雪は気が遠くなりそうな胸の乱れを覚えて、思わず豊かな胸に両手を当てていた。大きな衝撃を受けていた。聞き間違いではない、と思いたかった。いや、聞き間違いであろう筈がない、と思った。江戸を発って、忘れたことのない「その人」の声であった。

美雪は静かに立ち上がり、そしてよろめいた。胸の乱れが鎮まりようもない。これは夢であろうか、幻《まぼろし》ではないか、と身が竦《すく》んだ。

動けなかった。

十一

美雪が、夕《ゆう》七ツ半（午後五時）頃からお祖母様《ばばさま》の催してくれた盛大な歓迎の宴《うたげ》を終えて「雪代の間《ま》」へ戻ったのは、宵《よい》五ツ（午後八時）を過ぎた頃だった。

「盛大な宴」とは言っても、膳部《ぜんぶ》は飛鳥《あすか》の田畑でとれた野菜が中心で、肉、魚介の類《たぐい》は一切《いっさい》無かった。

ただ美雪と家臣たちの膳にだけは、卵焼《たまごや》きが三切《みき》れ宛付《ずつ》いていた。薄《うす》い三切《き》れであったが、それでも歓迎された江戸者《えどもの》たちへの異例《いれい》の扱《あつか》い――贅沢《ぜいたく》な――に相違ない、と美雪は胸が熱くなった。お祖母様《ばばさま》の気性《きしょう》を思うとである。

そのお祖母様《ばばさま》に対し、大神神社《おおみわじんじゃ》への途上で生じた騒動については、美雪はまだ打ち明けることが出来ていない。

お祖母様《ばばさま》に余計な心配をかけ過ぎることになっては、と躊躇《ちゅうちょ》していた。

宴に招かれた者の数は曽雅家の大広間をびっしりと埋め、親類縁者《しんるいえんじゃ》を除いて五十名は下らなかったであろう、と美雪は読んでいる。

それは美雪にとって明るく楽しい宴だったが、申し訳ないと思いつつも上《うわ》の空《そら》の一面もあった。そういった複雑な気持の中で美雪が感激したのは、お祖母《ばば》様《さま》が客として招いた顔ぶれである。奈良奉行も奈良代官も、またその配下の役人たちも誰一人として招かれてはいなかった。「村役」である惣年寄《そうとしより》筆頭の石井九郎兵衛の顔も無かったし、上町代の高木又兵衛、下町代の藤田市左衛門らの有力者も呼ばれてはいない。招かれた客の殆《ほとん》どは質素な普段着のままの百姓たちで、他《ほか》には地元の植木職人とか大工・左官、柿・栗など果実栽培者たちだった。

それは曽雅家の実質的な当主であるお祖母様《ばばさま》――曽雅多鶴――が、いかに地元の人たちを大事としているかの証でもあった。美雪は、そう理解している。

宴では誰や彼やが美雪の席まで丁重に挨拶にきて名乗りはしたが、申し訳ないと胸の内で思いつつも笑顔で応じながら、美雪の心は宴の席から離れて夢《ゆめ》幻《まぼろし》の中をさまよっていた。

「雪代の間」には、お祖母様《ばばさま》の配慮なのであろう秋冷えに備えて、欅《けやき》の如鱗杢《じょりんもく》（木目の意）が浮き出た古いがなかなかな造りの大きな長火鉢が調えられていた。炭火の上では薬罐《やかん》が細《ぼそ》い湯気《ゆげ》を立て、長火鉢片側で端から端に差し渡されている「猫板《ねこいた》」には何故《なぜ》か二人分の湯呑《ゆの》みと茶壺《ちゃつぼ》がのっている。

大広間での歓迎の宴では誰も皆、茶を振《ふ》る舞《ま》われることはなく白湯《さゆ》であった。「雪代の間」に葉茶《はぢゃ》の用意があったということは、それだけお祖母様《ばばさま》にとって美しい孫娘《まごむすめ》美雪は格別のひとなのであろう。かわゆくて仕方がないに違いない。

大きな長火鉢を挟むかたちの位置に、遠州式《えんしゅうしき》の大行灯《あんどん》（遠州行灯）が点《とも》っていたから「雪代の間」は明るかった。「遠州行灯」は茶人（遠州流茶道の祖）としても歌、書、陶芸、造園など芸術の分野でも偉才を発揮した近江国《おうみのくに》小室《こむろ》藩主小堀政《こぼりまさ》一《かず》（号・遠州。天正《てんしょう》七年、一五七九～正保《しょうほう》四年、一六四七）が考案した行灯である。小堀遠《えん》州《しゅう》の名で有名すぎる程の人物だ。

美雪は長火鉢を前にして正座をした綺麗な姿勢を身じろぎ一つさせず、大神《おおみわ》神社《じんじゃ》の庁屋《ちょうのや》（社務所）でわが耳にいきなり入ってきた「予想だにしていなかった人」の声を、「やはりあの御方《おかた》。間違いない……」と確信を強めつつ、脳裏に甦えらせていた。いや、甦えらせようとしていた、と表現を変えた方が正しいのかも知れなかった。

なぜか悲しいことに、思い出そう思い出そうとすればするほど、「あの御方《おかた》」の声は靄《もや》がかかったように遠ざかり薄れてゆくのだった。

庁屋《ちょうのや》でのあのとき美雪は堪《こら》え切れずに障子を開けて、古今集の話を交わしている二人の姿を確かめるような無作法はとらなかった。七千石大身旗本家の息女としての「自覚」と「育ち」が波立ち揺れた心の乱れを、苦しみながらも抑えていた。

したがって高宮大神主に対して「百了禅師《びゃくりょうぜんじ》様と御一緒にお見えなされた御《お》方《かた》は、どのような……」というような見苦しい問い掛けをする筈もなかった。

大行灯の明りを眺めながら、美雪のかたち良い唇の間から、小さな溜息が辛《つら》そうにこぼれた。それとても堪《こら》えようとする気持が働いていた。たとえ誰の視線がこちらに向けられていなくとも、穏やかでない溜息などを漏らすなどは、見苦しい所作であると思っている。

だが……。

「お会いしたい」と美雪はうなだれて呟いた。一度は嫁いで夫を持つ女性《おなご》になったことのある身であるというのに、なんという気性の狼狽《うろたえ》であることか、と悲しくなった。

不意に、驚くほど不意に障子の外で声がして、美雪の鼓動《むね》がひと鳴りした。

「美雪や。まだ眠っておらぬなら、少しばかりいいかのう」

お祖母様《ばばさま》であった。美雪は「は、はい」とやや慌て気味に居住まいを正した。少し慌て気味になったのも無理はない。部屋の前にまで近付いてくるお祖母様《ばばさま》の足音や気配に全くといってよいほど気付かなかったのだ。

「まだ眠ってはおりませぬ、お祖母様《ばばさま》。どうぞお入りなさって下さい」

「そうか、よしよし。では、ちとな」

ゆったりとした感じで言い終えてから、障子が静かに滑ってお祖母様《ばばさま》の笑顔があらわれた。

両隣の部屋では家臣や腰元たちが、お祖母様《ばばさま》の訪れを知って本物かどうかでさぞや緊張していることであろう、と想像しながら美雪は丁寧に頭を下げお祖母様《ばばさま》を迎えた。

美雪は座っていた位置を長火鉢の下座側へと移った。こういう所作がまろやかに然《さ》り気《げ》なく出来る美雪であった。着ている亡き母の着物がよく似合《にお》うていて一際《ひときわ》美しい。茶筅総髪も島田髷《まげ》に結い戻されている。

二人は長火鉢を挟んで向き合った。

「おや、このお祖母《ばば》が調えておいた茶を、一服もしておらなんだのかえ」

「楽しい宴でございましたから、その光景の一つ一つを思い出すことに気を取られておりました」

「大層美味しい葉茶だから、その香りと味を楽しんでみなされ、お祖母《ばば》が淹《い》れてあげましょうかの」

「あ、お祖母様《ばばさま》。私《わたくし》が致します」

「なに、よいよい」

なれた手つきで茶を淹れはじめたお祖母様《ばばさま》の皺《しわ》枯《が》れた手元を、美雪は「申し訳ございませぬ」と控えめな声で言ったあと黙って見つめた。猫板の上にのっていた二人分の湯呑みは、この時のために調えられていたのだとようやく理解できた美雪である。

「この葉茶はな、十日ほど前に訪れた五井持軒《ごいじけん》先生（実在。寛永十八年、一六四一～享《きょう》保《ほう》六年、一七二一）から頂戴したものでな。お茶好きの先生が選んだだけあって、なかなかな香りであり味じゃ」

「どなたでいらっしゃいますか。五井持軒先生と仰《おっしゃ》います御方《おかた》は」

「いかぬ、いかぬ。お祖母《ばば》は余輩《よはい》（自分）が判ったり知ったりしているとつい、余《よ》の者《もの》もそうであろうと思い込んで話を先へと滑らせてしまう。悪い癖じゃ。許しておくれ」

「いいえ、少しも気に致してはおりませぬ」

「五井持軒先生という御人《おひと》はな……」

そこで言葉を休めた多鶴は、あざやかな色の緑茶を先ず美雪の方へと、猫板の上をそろりと滑らせた。

「湯呑みをな、猫板の上を客の前へと滑らせるなどは、許されるべき作法ではない。じゃが勘弁しておくれ美雪。年をとると手肌が枯れてしもうて薄くなり、熱くなった湯呑みはいつ手落とすか危のうて持てぬのじゃ」

「お祖母様《ばばさま》……」

少しばかり悲しそうな表情になった多鶴の、猫板の端にのったままの手に、美雪は自分の手をのばして重ねてやった。

「それにしても美雪や、ほんに雪のように白い綺麗な手肌じゃのう」

「いつ頃でございましたか、亡き母から娘時代のお祖母様《ばばさま》について聞かされたことがございます。若い頃のお祖母様《ばばさま》は大和国《やまとのくに》の武家や豪士《ごうし》の若者たちを両手では数え切れぬ程に泣かせた程の美しさであられたとか」

「その通りじゃ。この祖母《ばば》はな、それはそれは真《まこと》に美しい女性《おなご》じゃった。毎朝毎夕、鏡に映る自分の顔を眺めては、深い溜息を吐くほどであったかのう」

「まあ、お祖母様《ばばさま》……」

美雪はクスリと笑うと、わざとらしく遠い目を演じてみせるお祖母様《ばばさま》の手に重ねていた自分の白い手を、そっと引いて湯呑みへと持っていった。

「で、その五井持軒先生じゃがな美雪や。『日本書紀』とか『古事記』など国漢に精通した大坂生まれの大変偉い学者さんなのじゃ。もう十年以上も前になるかのう。記紀《きき》（古事記・日本書紀）研究の目的で五井先生が大和国《やまとのくに》に見えられ、土屋《つちや》の紹介もあったゆえ、曽雅家で半月ばかり丁重に御世話させて貰《もろ》うたのじゃ。それが曽雅家と五井先生との初めての出会いでなあ」

「あのう、お祖母様《ばばさま》……」

「ん？」

「土屋様と仰る御方は、どのような……」

「あ、いかぬ。また悪い癖じゃ」

思わず苦笑した多鶴であったが、しかし直《す》ぐに真顔に戻った。

「溝口の一代前の奈良奉行、土屋忠次郎利次《つちやちゆうじろうとしつぐ》（実在）じゃ。将軍家の造営になる大神神社拝殿《おおみわじんじやはいでん》の完成を、四代様（徳川家綱）が〝歴史に決して残らぬ旅〟と称して柳生飛騨守殿や其方《そなた》の父貞頼殿を伴《とも》とし、徹底したお忍び旅で大和国入《やまとのくに》りなされたのが、寛文四年（一六六四）の桜の花が目覚める頃じゃった」

驚くべき記憶力で、つい昨日のことでも語るかのような、淡淡とした口ぶりの多鶴だった。将軍家綱の十数年前の〝歴史に残らぬお忍び旅〟について、多鶴が美雪に対しこれほどはっきりと口にしたのは、今回がはじめての事である。

「そのお忍び旅の御三人に付き従《したご》うて、世話係も兼ね目立たぬよう大和国入《やまとのくに》りした侍従《じじゆう》が、土屋忠次郎利次じゃったのじゃ。頭の切れるなかなか性格のよい侍でな。そして土屋はそのまま大和国《やまとのくに》に止《とど》まった」

本来、皇家《こうけ》の身そば近くに仕えることを指して用いる侍従という言葉を、迷いも見せずさらりと口にした多鶴であった。

「奈良奉行……としてでございますのね」

「うむ。じゃから、土屋の奈良奉行就任は寛文四年（一六六四）の五月（歴史的事実）だったと記憶しておる。この土屋もな、お祖母《ばば》には何かとよく甘えてくれるよい人物じゃった」

謎多い古代王朝と余りにもかかわり深かった曽雅（蘇我）家である、と美雪はこれ迄に学び知ってきた。侍従という表現を用いるなどは、伝統ある曽雅家の内奥にまでおそらく普通のことのように染《し》み込んでいるのであろう。

そういった点にこそ、曽雅家の凄みというものが存在していると改めて思い知らされた美雪であった。

「その土屋様でございますけれどお祖母様《ばばさま》、奈良奉行になる前には、どのような職に就いておられたのでございますか」

「荒井奉行じゃ。荒荒《あらあら》しいの荒《あら》に、井戸《いど》の井《い》と書く関所を統括しておった」

「荒井奉行……荒荒しいの荒に井戸の井でございますか」

「うむ。そうじゃ」

それは美雪にとって、はじめて耳にする字綴《じつづ》りの職名であった。

「頭の良い美雪も、この字綴りの奉行名はさすがに知らぬじゃろうのう。実はこのお祖母《ばば》も土屋から教えて貰《もろ》うて知ったのじゃ」

「荒井、という名の字綴りから想像いたしますと、これは矢張り地名ではございませぬか」

「おうおう、やはりこのお祖母《ばば》の孫じゃ。その通り、いま申した字綴りの荒井というのは旧の地名でのう。現在《いま》ではもう廃止されて無くなり、新旧《しんきゅう》の新《しん》に、居宅《きょたく》の居《きょ》と綴りが改まって読みは同じ、あらい、じゃ」

「その字綴りの『新居の関所』ならば、通って参りました」

「当時は、その関所のあった場所が旧綴りの遠江国浜名郡《とおとうみのくにはまなぐん》、、荒井であったことから、荒荒しい井戸の荒井奉行と称していたらしくてな。奈良奉行に就く迄の土屋は、つまりその地位に在ったということじゃ」

頷けた、と美雪は思った。東海道の遠江国浜名郡新居、、に、「箱根の関所」よりも厳しい調べがあることで有名な「新居の関所」が存在し、美雪たち一行もその「新居の関所」を殆《ほとん》ど無監査で通り過ぎてきた。

その「新居の関所」の一つ江戸寄り、つまり東隣には舞坂宿《まいさか》があって、そこから西隣つまり次の「新居の関所」へ行くには、「今切の渡し《いまぎれ》」を利用して凡《およ》その一里（約四キロ）の内海《うちうみ》を渡船《とせん》で渡る必要があった。しかも船着場が即「新居の関所」となっていることから逃げ隠れは不可能で、そのため「問答無用の関所」とも言われている。

「その土屋がな……」

とお祖母様《ばばさま》の言葉は続いた。

「大和国《やまとのくに》で研究なさる間の五井持軒先生の世話をしてやってほしい、と曽雅家に頼み込んできたという訳じゃ。この先生の長い歳月《さいげつ》をかけた記紀その他の文献の研究によって、古代の王朝期に蘇我本宗家が如何《いか》に輝かしい政治的経済的そして軍事的貢献《こうけん》を果たしてきたか、次第に明らかとなってきているのじゃよ」

「私《わたくし》が記紀などの歴史書をもとに学んで参りました限りにおきましてはお祖母様《ばばさま》、古代の王朝期における蘇我本宗家は、巨大権力を枕として安穏《あんのん》を独り《ひと》占めにしてきた逆臣逆賊に他ならない、という評価がかなり強く表にあらわれておりますような……」

「巨大権力が渦巻く王位継承争いのさ中ではのう美雪や。権謀術数が激しく衝突し合い、真実《まこと》が嘘《うそ》となり、嘘《うそ》が真実《まこと》に化《ば》けて駈け巡るものじゃ。人間の醜《みにく》さや汚ない部分が最も顕著《けんちょ》に表に現われ出てくる」

「ではお祖母様《ばばさま》。五井持軒先生の仰います蘇我本宗家の輝かしい貢献とやらが古代の王朝期に無ければ、『大化改新《たいかのかいしん》』は訪れておらず、つまり『律令《りつりょう》国家』は成立しなかった、ということになるのでございましょうか」

「五井持軒先生は、そう断定なさっていらっしゃる。今世《いまよ》の江戸の時代の訪れさえも無かった可能性がある、とものう。そして、こうも強く言っておられるのじゃ。日本書紀や古事記をはじめとする古代王朝期の諸文書《しょもんじょ》に目を通すときは、常に読む姿勢を斜めに身構えて厳しい疑いの目で読むべし、となあ」

「古代文献の編纂者《へんさんしゃ》が時の政府や権力層の都合のいいようにと、真実《まこと》を嘘《うそ》とし、嘘《うそ》を真実《まこと》と飾《かざ》って編纂した部分が少なくない、ということでございましょうか」

「その通りじゃ美雪。五井持軒先生の天才的な眼力《がんりょく》とでも申すものが、古代《こだい》文書《もんじょ》の一行一行の裏に隠されている嘘と真実《まこと》を抉《えぐ》り出していきつつある、ということじゃよ。先生はな、『私ひとりでは到底研究し尽くせるものではない。

次の学者、またその次の学者と長い歳月を要するだろう』と言《ゆ》うておられてなあ」

「古すぎる嘘と真実《まこと》を長い歳月を経てから洗い直すには、大変な苦労と刻《とき》を要しましょう。それゆえ国家の姿・威信にかかわって参りまする文書文献の内容には、決して嘘があってはなりませぬね、お祖母様《ばばさま》」

「大事じゃ大事じゃ。政治の権力の座にある者は、決して御都合主義に陥った嘘《うそ》の文書《もんじょ》を拵《こしら》えてはならぬ。『日本書紀』にお強い五井持軒先生は長い歳月を掛けた数数《かずかず》の古文書の研究によって、今や御自分なりの『文献学』（古文書を読解することでその時代の政治文化芸術の変遷を知る学問）を確立なされておられるようじゃから、機会があれば江戸の西条家にでもお迎えしてあげ、色色と楽しく話を交わしてみてはどうかのう。決して無駄にはなりますまい」

「はい。父上もきっと喜んで歓迎して下さりましょう。五井先生が江戸へ参られるようなことがございましたなら、是非とも西条家にお立ち寄り下さるよう、お祖母様《ばばさま》から先生にお伝え下さいませ」

「そうかな。うん、ではこのお祖母《ばば》から伝えておきましょうよ」

「五井持軒先生が西条家にお立ち寄り下さいました時のために、少しは先生のご活躍なりを知っておきとうございます。差《さ》し支《つか》えなき範囲で結構ですからお祖母様《ばばさま》、お話し下さいませぬでしょうか」

「そうじゃのう。五井持軒先生が十代の頃に最初に師事なされた恩師というのがな、京、大坂、大和ではえらい反骨精神で知られた国学者で歌学者の下河辺《しもこうべ》長流《ちょうりゅう》なんじゃ（歴史的事実）」

またもや、その名をさらりと呼び捨てにするお祖母様《ばばさま》であった。むろん美雪は、下河辺長流の名をはじめて耳にする。

「若しや、その下河辺長流先生のことを、お祖母様《ばばさま》はよく御存知なのではありませぬか」

「いや、余りよくは知りませぬよ。よくは知らぬがなあ美雪や、父親の小崎《こざき》というのが大和国《やまとのくに》小泉《こいずみ》藩片桐《かたぎり》家の家臣だったこともあって、盆暮れにはこの曽雅家に顔出しをしてくれたものじゃった。この小崎もなんとまあ、お祖母《ばば》の気性を大層好きになってくれてのう」

「まあ……」

美雪は目を細めて微笑みながら、曽雅家の「凄みの広さ」というものを、改めてお祖母様《ばばさま》の何気ない言葉から感じさせられるのだった。

「その盆暮れに顔を覗かせてくれる小崎《こざき》に手を引かれてのう、二度か三度この曽雅家を訪れたことがある共平《ともひら》とかいう、可愛いやんちゃっ子がいま優れた学者として京、大坂、大和などで知られるようになった下河辺長流なんじゃよ。もう五十を幾つも過ぎている頃じゃろうかのう。早いものじゃ、月日が経つというのは……」

「国学者であり、また歌学者でもあられるのですね、その下河辺長流先生は」

「うんそう。だから五井持軒先生は先ずはじめに、下河辺に和歌を学ばれてな」

「和歌をでございますか……」

「そのち京《みやこ》にのぼられてのう。儒学者《じゆがくしや》で古義学派《こぎがくは》の創始者である有名な伊《い》藤仁斎《とうじんさい》先生（寛永四年、一六二七〜宝永二年、一七〇五）や、同じく儒学者の中村惕斎《なかむらてきさい》先生（寛永六年、一六二九〜元禄十五年、一七〇二）ら当時の若手学者と交流なされて色色と教えを受けられ、幅広い知識を積まれたそうじゃ」

「伊藤仁斎先生の古義学派《こぎがくは》とは、どういう意味でございますのお祖母様《ばばさま》」

「なあに。仁斎先生は私塾を開いておられてな。その私塾の名を『古義堂』とゆうて、その名から来ておるらしいのじゃよ」

「では、つまるところ仁斎学派とでもいうことでございましょうか」

「そうそう。その仁斎学派とかじゃよ美雪」

「五井持軒先生は長い間、京《みやこ》に?」

「三十歳（寛文十一年、一六七二）の頃に大坂へお戻りになられてのう、私塾として『漢学塾』を設けられ主に大坂町民に対し朱子学の要《かなめ》とされている『大学』『中庸《ちゅうよう》』『論語』『孟子《もうし》』のいわゆる『四書』とかを、ご熱心に説いてこられているのじゃ」

「五井持軒先生の商都大坂への学問の扶植《ふしょく》（人びとの間へ広める意）は、大きな功績として高く評価されているのでございましょうね」

「そりゃあ、もう。立派すぎる程の功績じゃよ。若者から年輩の者に至るまで優秀な塾生さんが大勢、育っていなさるそうじゃから」

「その塾生さんたちが、学問という枝葉を更に力強く育て広げてゆくことでございましょうね」

「うんうん、きっとそうなるじゃろうのう。美雪も学ぶということを決して忘れてはならぬぞ。これからの世の中は、女が学ぶことが一層大事となってこよう。いずれ、女が存在せねば成り立たぬ世の中が、必ず訪れようからな」

「はい。私《わたくし》もそう思っておりまする」

「いい子じゃ、いい子じゃ。美雪を眺めると、やっぱり西条家と曽雅家の血筋は輝いておるのう」

「私《わたくし》はさ程に輝いてはおりませぬけれど……お祖母様《ばばさま》」

美雪は、幼い者のように可愛くそっと首をすくめてみせた。

「一生懸命に学問をして知恵者《ちえしゃ》となっても決して、俺《おれ》は偉い私は賢《かしこ》い、と鼻腔《びくう》を広げて威張《いば》ってはなりませぬぞ。そういう自惚《うぬぼ》れは己の精神の見窄《みすぼ》らしさを世間様《せけんさま》に笑われるだけじゃ」

にっこりと目を細めて言った多鶴であったが、直《す》ぐ様《さま》すうっと真顔に戻った。

「日本書紀」や「古事記」の読解分析に優れる五井持軒も、商都大坂へ扶植した自分の先駆的な学問的影響が、その没後（享保六年、一七二一）に天下に名だたる大坂学問所「懐徳堂《かいとくどう》」誕生（享保九年、一七二四）につながってゆくとは、さすがに予想だにしていなかった。

　大坂学問所「懐徳堂」は**五同志**と称された商都大坂の有力町人の設立活動によって実現したものである。その**五同志**とは、五井持軒に師事した大坂屈指《くっし》の大商人富永芳春《とみながほうしゅん》（道明寺屋《どうみょうじや》吉左衛門《きちざえもん》とも、醤油《しょうゆ》醸造《じょうぞう》業。貞享《じょうきょう》元年、一六八四～元文《げんぶん》四年、一七三九）、そして教養的儒学者三宅石庵《みやけせきあん》（「懐徳堂」初代学主。寛文五年、一六六五～享保十五年、一七三〇）に師事した日本有数の豪商鴻池《こうのいけ》の分家山中宗古《やまなかそうこ》（鴻池又四郎《こうのいけまたしろう》とも）、吉田盈《よしだみつ》枝《え》（備前屋吉兵衛《びぜんやきちべえ》とも）、長崎克之《ながさきかつゆき》（船橋屋四郎右衛門《ふなばしやしろえもん》とも）、中村良斎《なかむらりょうさい》（三星屋武右衛門《みつぼしやぶえもん》とも）ら五人である。

　この五人の設立活動を三宅石庵や五井蘭洲《らんしゅう》（元禄十年、一六九七～宝暦《ほうれき》十二年、一七六二。五井持軒の三男）ら碩学《せきがく》が強力に支えた。とくに和漢の学に異才を発揮した五井蘭洲は助教の地位に就いて「懐徳堂」の学術的水準を著しく向上させることに貢献し、天下に名だたる「懐徳堂」へと牽引《けんいん》していった。

五同志らによって設立された「懐徳堂」は享保十一年（一七二六）大坂町奉行

所において徳川幕府の「公許」を受けることとなり、町人立学問所でありながらも、公立の性格を併せ持つ学問所となった。そして、その優れた活動・思想は途中の紆余曲折《うよきょくせつ》を乗り越え、やがて国立大阪大学（文学部）へと受け継がれてゆくのである。

十二

「ところで美雪や……」

多鶴はそこで言葉を切ると、湯呑みに手をのばして口元へと運び、そのまま動きを止め鋭《するど》い目をやや上目遣《うわめづか》いで美雪へ向けた。

それは美雪がはじめて見る、お祖母様《ばばさま》の怖《こわ》い目つきであった。

「どうして大神神社《おおみわじんじゃ》への途中で生じた不測《ふそく》の事態《じたい》について、このお祖母《ばば》に打ち明けなかったのじゃな」

穏やかな調子で言い切ってから、多鶴はようやく温《ぬる》くなった茶を音を立てぬよう軽く静かに啜《すす》った。その小さな所作にも、さすが曽雅家のお祖母様《ばばさま》としての綺麗な作法が自然にあらわれている。

「申し訳ございませぬ」

美雪は長火鉢から少し下がると、両手をついて素直《すなお》に頭を下げた。任務に忠実な有能な官吏《かんり》とみられる代官鈴木三郎九郎から、お祖母様《ばばさま》へ報告《しらせ》が入っているかも知れないという覚悟は出来ていた美雪である。

「この大和国《やまとのくに》に滞在する間は何事も正直に、お祖母《ばば》に打ち明けておくれ。可愛い大事な其方《そなた》に万が一のことがあらば、お祖母《ばば》はこの皺《しわ》枯《が》れた首を己れの手で切り落とし、貞頼殿（美雪の父）に詫《わ》びねばならぬでな」

「はい、お約束いたします」

「それにしても奇っ怪じゃ。代官鈴木より聞いた、其方《そなた》たちを襲撃した集団の姿形《すがたかたち》や一瞬に見たとか申す凄まじい面相とかは誠に薄気味が悪いのう」

「面相を隠さんとする程に髪を乱れ伸ばして、着ている物は一様にぼろぼろの貫頭衣《かんとうい》と申する他ないようなものでございました。まるで縄文人《じようもんびと》か弥生人《やよいびと》のような」

「このところ畿内で頻繁《ひんぱん》に出没しておる賊徒の身形《みなり》とも全く違うようじゃ。これはいよいよ気を付けねばなりませぬぞ美雪や」

「上様より預かって参りました御役目を無事に終えることが出来て、ほっと致しております。もし襲いかかってきた集団に、上様の朱印状や御刀を奪われていましたなら、美雪は生きてはおれぬところでございました」

「ほんにのう……」

「あのう……お祖母様《ばばさま》、申し訳ございませぬ。いま一つお祖母様《ばばさま》に打ち明けていないことがございまする」

「甘樫山《あまかしのおか》に突如として現われた紫檀色の忍び装束十五名のことなら何も心配せずとよい」

「ご存知でございましたか。すでに義助（曽雅家下僕頭）からお祖母様《ばばさま》に報告が入っていたのでございますのね」

「いいや。義助は行動を共にした其方《そなた》を差し置いて、途上のあれこれを自分の判断のみで密告的に打ち明けるような気質の者ではない」

「では、お祖母様《ばばさま》は何故、甘樫山《あまかしのおか》に出没した紫檀色の忍び装束十五名のことを御存知なのでいらっしゃいますの？」

「それは、まあよい……美雪が気にすることではない。判りましたな」

「でも、お祖母様《ばばさま》。紫檀色の十五名はまるで私《わたくし》たち一行を待ち構えていたかのようにして現われたのでございますのよ」

「同じことを言わせるではない。美雪は気にせずとも、其方《そなた》の身の安全は守るべき者が必ず守ってくれるじゃろうから」

守るべき者が必ず守ってくれる――意味あり気なお祖母様《ばばさま》の言い様《よう》である、と美雪は思った。けれども、それについては聞き流して、美雪は穏やかに告げた。

「紫檀色の十五名の頭領《とうりよう》らしい者が私《わたくし》に対して、厳しい口調でこう申しました。過《す》ぎし遠い昔蘇我本宗家と、中臣鎌足《なかとみのかまたり》、中大兄皇子《なかのおおえのおうじ》の非合法とも言える連合軍（クーデター軍）とが衝突して、蘇我本宗家がこの甘樫山《あまかしのおか》で滅びたのである、と。そしてまた、この甘樫山《あまかしのおか》には蘇我家の力によって捩伏《ねじふ》せられた敗《はい》者名族《しやめいぞく》の怨念がひたひたと迫りつつあるとも……」

「宗春《むねはる》が、そのような余計なことを……」

多鶴が小さく呟いて眉をひそめた。

「え？」と、美雪は訊き返した。宗春、と聞こえたかのような気がしたが、自信はなかった。

「いやなに。蘇我本宗家と中臣鎌足《なかとみのかまたり》、中大兄皇子《なかのおおえのおうじ》の連合軍の衝突で、我らの御先祖が滅びたことくらい、美雪はとうに学び知っていように……のう、そうじゃろう」

「はい。江戸の学問所『史学館』にて学んできておりまする」

「そのことよりも、このお祖母《ばば》が気になるのはな美雪や……」

と、多鶴は話を別の方へと向けた。

「薄《すすき》が生い茂りし寺川の『四方河原』で其方《そなた》の前に不意に現われたとかいう長髪の乱れ髪に貫頭衣、の異様な身形《みなり》の集団の方じゃ」

「あの貫頭衣の者共には、それはそれは激しい殺気がございました。単なる物《もの》盗《と》りではなく、我ら一行を殲滅《せんめつ》せんがために襲い掛かってきたに相違ありませぬ」

「それほどの殺気であったのかえ」

「はい。身《み》の毛《け》が弥立《よだ》つような、と申しても決して言い過ぎではないように思います。それに、あの者共の剣は、明らかに武士《さむらい》の剣でございました。修練を積み上げて参りました家臣たちの念流剣法が、一方的に打ち込まれるばかりでございましたから」

「家臣によくも死傷者が出なんだものじゃ」

「日頃の修練の賜物《たまもの》でございましょう。けれども代官鈴木殿とその御支配下のお役人衆が若《も》し通り合わせていなければ、家臣の中に死傷者が出たやも知れませぬ。お祖母様《ばばさま》、代官鈴木殿とその御支配下の人たちへの恩は忘れてはならぬと思うておりまする」

「判っておる判っておる。鈴木にだけではなく、奈良奉行の溝口へもこのお祖母《ばば》が頭を下げてようく礼を申し述べておこうぞ」

「有り難うございます。宜しくお願い申し上げます」

「ふむふむ……」

「ところで問答無用とばかりに襲い掛かってきました貫頭衣の者共でございますけれどお祖母様《ばばさま》。長い乱れ髪で貫頭衣を着用し古代の舞、それも炎《ひ》を噴《ふ》き上げるかのような激しい『剣《つるぎ》の舞』、あるいは『剣《つるぎ》の祭り』といったようなものを風習としている地域について、御存知はございませぬでしょうか。たとえば吉野や紀伊あるいは金剛生駒《こんごういこま》の山奥とか」

「知らぬのう。とは言うてもこのお祖母《ばば》、大和国《やまとのくに》では知らぬ者はいない程じゃが、たとえば畿内一円ともなると相当に広い。いかにお祖母《ばば》といえども、その悉《ことごと》くの祭りや風習を知ることは難《むつか》しいわい」

「左様でございますね。ひと口に畿内と申しましても山城、河内、和泉、摂津、そして大和の五か国でございますもの」

「美雪や。このような時こそ、畿内の歴史的研究にご熱心な五井持軒先生の豊かな知識に助けられるやも知れぬなあ。厄介な騒動が起こった、という訊き方をすれば五井持軒先生はひどく心配なさろうから、文化風習について、という当たり前な切り出し方で訊ねるのがよかろうのう」

「でも、五井持軒先生は、大坂でございましょう」

「大坂じゃ。しかし脚のしっかりした馬を走らせれば江戸へ行くのと違《ちご》うて訳もない。大和川《やまとがわ》に沿《そ》うて馬を走らせれば確《しっか》りと手綱《たづな》を握っているだけで目を閉じていても大坂へは着こうよ」

「大和川に沿った途中に難所はございませぬの？」

「ある」

「まあ、お祖母様《ばばさま》。そのように当然の如く簡単に『ある』と申されましては、」

美雪は判断の仕方に戸惑ってしまいまする。で、その難所と申しますのは？」

「この大和国《やまとのくに》と大坂とを隔てておる金剛生駒《こんごういこま》の深く険しい山脈《やまなみ》じゃ。大和川の流れがこの険しい山脈《やまなみ》を貫くようにして北と南に分断している事については美雪なら存じておろうな」

「はい、よく存じておりまする。北側が生駒山地、南側が金剛山地で共に数数《かずかず》の歴史の舞台となった山脈《やまなみ》でございまするから」

「ふむ。金剛山地には南北朝時代の武将としてその名も高い、楠木正成《くすのきまさしげ》公（永《えい》仁《にん》二年、一二九四〜延元《えんげん》元年、一三三六）の知る人ぞ知る『千早城《ちはやじよう》』の跡や幾つもの『砦《とりで》址《あと》』などが現在《いま》も残っておるのじゃよ」

「私《わたくし》は江戸・石秀流《せきしゆうりゆう》茶道を、お家元《いえもと》の侶庵《りよあん》先生に就《つ》いて教《おそ》わっておりますことから、生駒が奈良時代以前からの職人業《わざ》を受け継いでおります『高山茶筌《たかやまちやせん》』の名産地（歴史的事実）であることについても存じております」

「うむうむ、その通りじゃ。『高山茶筌』はなかなかの品であるな。ところで美雪や、話が少し逸れるがの。石秀流お家元の侶庵先生については亡くなった雪代からの手紙にも幾度か書かれてあったのじゃが、大和河内一万六千余石を領する大和小泉藩主片桐石州《かたぎりせきしゅう》殿と侶庵先生とは折に触れての付き合いが江戸にてあるそうじゃの」

「はい、武人でありながら大和石州流《せきしゅうりゅう》茶道の開祖として四代様（徳川家綱）の茶道師範（歴史的事実）でいらっしゃいます片桐石州先生を、侶庵先生は大身旗本として小姓組番頭《こしょうぐみばんがしら》の地位にあられた現役の当時から心底より大変尊敬なされていらっしゃいました。現役を引退なされて茶の道に入られ独立自尊流茶道の精神に拘《こだわ》っていらした侶庵先生が、一字違いの石秀流の御名《おな》を石州先生から許されたのも、そのためでございましょう」

「小姓組番頭というと、将軍家の武官であることを示す『番方』の五番勢力の中で、書院番と共に『両番勢力』とか言われておる有力な組織の頭《かしら》じゃな」

「はい。左様でございます。それに致しましてもお祖母様《ばばさま》。色色なことにつきまして大層広く能《よ》くご存知でいらっしゃいますこと。お祖母様《ばばさま》とお話をさせて戴くたびに、この美雪は新たな驚きに見舞われてなりませぬ」

「これこれ、美雪や。このお祖母《ばば》は古代王朝に深く関《かか》わってきたとされる蘇我本宗家の末裔《まつえい》曽雅家の実質的な当主じゃぞえ。古い古い家系図や伝書《つたえしょ》を心を静めて落ち着いて眺めてみれば、ところどころに史実から離れていそうな誇張的伝承的と思われる部分は確かに見られるが、それでものう、蘇我本宗家のはじまりと称しても能《よ》さそうな蘇我稲目《そがのいなめ》(?〜五七〇)の代では、娘の堅塩媛《きたしひめ》、小《お》姉君《あねのきみ》の二人が、欽明《きんめい》天皇の妃として壮大華麗な宮殿《きゅうでん》『磯城嶋金刺宮《しきしまのかなさしのみや》』(現、奈良・桜井市外山《とび》の城島《しきしま》小学校付近と伝承されている)へ嫁いだと伝えられておるのじゃ。だからのう、それらが伝説であるにしろ史実であるにしろ、このお祖母《ばば》は学ぶ心を常に忘れぬようにと心得、曽雅のお祖母《ばば》として教養を積むことを心がけてきたのじゃ。曽雅のお祖母《ばば》としてなあ。それが古い家系を背負う者の責任でもあると思うてのう……いま年老いてしもうたこの体と頭には、いささか、しんどい事じゃが」

「お祖母様《ばばさま》……」

しんみり、ゆっくりとした調子で長長と話し終えたお祖母様《ばばさま》の、長火鉢の猫板の端にのっていた皺枯れた手に、美雪はやさしく微笑んでまた自分の雪肌な白い手をそっとのせ包んでやるのだった。

「おお、そうじゃ、さきほど言うた片桐石州殿じゃが、この石州殿が建立した慈光院《じこういん》の名を美雪は知っておるかえ」

「ええ、慈光院という御名《おな》についてだけは存じております。けれども学び不足で、語るに足る充分な知識を持ち合わせてはおりませぬ」

「この大和国《やまとのくに》に滞在する間に是非とも行ってくるがええ。斑鳩《いかるが》の里近く富雄川《とみおがわ》の清流に面した小高い丘の上にな、片桐石州殿が父貞隆《さだたか》公の菩提寺《ぼだいじ》として寛文三年（一六六三）に建立（歴史的事実）なされた臨済宗《りんざいしゅう》（禅宗）大徳寺《だいとくじ》派の、それはそれは清廉《せいれん》この上もなき夢殿の如き名刹じゃ。今や石州流茶道の〈源籍〉でもあるこの寺院の森閑《しんかん》たる書院に座し美しい庭を眺むれば心の隅隅《すみずみ》までが洗われよう」

「寛文三年の建立と申しまするとお祖母様《ばばさま》……」

「うむ、四代様（徳川家綱）によって大神神社《おおみわじんじゃ》の拝殿が造営された寛文四年（一六六四）の、つまり前年ということになるかのう」

「それでは若《も》しや、寛文四年の春に大神神社へ〝歴史に残らぬお忍び旅〟をなされた上様と柳生飛騨守様そして父西条貞頼の御三人は、建立間《ま》も無い慈光院へもお立ち寄りなされたのでございましょうか」

「さあ、このお祖母《ばば》には判らぬし知らぬ。なにしろ徹底したお忍び旅であったらしいからのう。ただ片桐石州殿が四代様の茶道師範となられたのは、上様お忍び旅の翌年《よくとし》寛文五年（一六六五）のことじゃから（歴史的事実）、そのことを踏まえて美雪が自由に想像するがええじゃろう」

「そうは申されましても……」

「慈光院のような美しくも清らかな寺にはのう美雪や。女性《おなご》がひとりで行《ゆ》くものではないぞ。好いた男《ひと》がいれば、その男《ひと》と一緒に参れば一段と心は洗われ想いは深まろう。美雪には、まだ好いた男《ひと》はおらぬのかえ」

「はい。おりませぬ」と反射的に告げてしまった美雪であったが、心の臓に思わず痛みを覚える程のひと鳴りに見舞われていた。

「そうじゃろうのう。其方《そなた》のように天女《てんにょ》かと見紛《みまが》う美貌の女性《おなご》には、余程の男《もの》でない限り近付けぬものじゃ。近付こうとする側にはかなりの勇気が要《い》りましようよ」

美雪は話の道筋を少し変えねば、と伏し目がちとなって頬をほんのりと朱《あけ》に染めたが、お祖母様《ばばさま》は気付かぬようであった。

「あの、それでお祖母様《ばばさま》。明日大坂に向けて馬を走らせまする大和川沿いの道すじでございますけれど、余程に危険な場所はどの辺りかお教え下さりませ。馬には家臣の誰かを乗せて走らせましょう」

「それは何と言うても、北に高安山《たかやすやま》（標高四八八メートル）を見て、南に二上山《にじょうさん》（標高約四七四メートル）を望む、生駒山地と金剛山地の間《はざま》じゃろう。大和川と奈良街道が寄り添うように並んで鬱蒼たる山地を割っている王寺から半里ばかり先は、美しい自然が豊かであるだけに、余程の馬上手でものんびり気分に陥ってはならぬ難所であると心得ておいた方がよい」

「山中《さんちゅう》何が出るか判らぬ、ということでしょうか。では明朝、大坂へ向かわせまする家臣に、お祖母様《ばばさま》より詳細な心得事項を与えてやって下さりませ」

「よしよし、それがよいのう。途中で何かあった場合の備えとして、二、三の庄屋《しょうや》宛ての手紙を持たせ立ち寄り易いようにしてやりましょうかえ」

「ありがとうございます、心強うございます」

美雪がそう言って、お祖母様《ばばさま》の皺枯れた手に重ねていた自分の手を引いて頭を下げた時であった。

「ぎゃあっ」と障子の外、かなり離れた所からと判る悲鳴が伝わってきた。明らかに男の悲鳴である。

「美雪様！」

即座に廊下で家臣土村小矢太のものと判る声があった。

「小矢太。忠寛はどう致しました」

「いまの悲鳴、お耳に入ったかと思いまするが、忠寛様は直ちに御屋敷玄関の方へ庭抜けで駈けて行かれました」

「皆、忠寛の後に続きなされ。お祖父様《じいさま》やご家族の方方《かたがた》に万が一のことがあってはなりませぬ」

「なれど……」

「私《わたくし》は大丈夫です。この座敷前の雨戸は今、開いているのですね」

「忠寛様が美雪様警護のため、少し前より『庭の様子を確認のため……』と雨戸の一隅を細目に開けておられます」

「ならば、家臣の半数は直《す》ぐ様庭《さま》より忠寛の後を追い、半数は廊下伝いに悲鳴があったと思われる方へ急ぎなされ」

「本当にそれで宜しゅうございましょうか。私共は……」

「くどい。早《はよ》う急ぎなされ、これは私《わたくし》の命令じゃ」

「はっ。畏《かしこ》まりました」

人の激しく動く気配が、障子を通して美雪と多鶴に伝わり、体と触れ合ったらしい雨戸が三度立て続けに鳴った。

「今宵は離れに長い付き合いの大事な客を泊めているというのに、何たることじゃ」

「まあ、お客様が離れにいらしたのでございますか……」

「それは、ま、よい。さ、来なされ。美雪」

多鶴は慌てる様子を見せることなく腰を上げると、美しい孫を促すかのように皺枯れた手を差し出した。

美雪はその手に体の重みの負担を掛けぬよう軽く触れて、立ち上がった。

「こちらじゃ」

多鶴は美雪の手を引いて、「次の間《ま》」との間《あいだ》を仕切っている無地の襖障子を静かに開けた。遠州式の大行灯（遠州行灯）の明りが「雪代の間」から「次の間」へと流れ込む。否、この「次の間」も「雪代の間」ではある。が、独立した座敷であるかの如く、この「次の間」にも先の間と同じように、床に黒漆塗の板を敷いて外の明りを取り入れる円窓《まるまど》を持つ「円窓床《えんそうどこ》」と呼ばれる床の間があって、刀掛けには雪代の護身用大小刀が残されていた。

多鶴が仕切りの襖障子を閉め戻したとき、またしても遠くで悲鳴があがった。今度は絹《きぬ》を裂くような鋭い女の悲鳴である。

だが、多鶴は全く動じない。襖障子は閉じられたが、欄間《らんま》の格子や透かし彫りの間から漏れ込む遠州行灯の明りで、思いのほか暗くない「次の間」だった。

多鶴が「取っておくれ。二本とも」と長押《なげし》（鴨居の上の横木）を指差してみせた。

美雪が視線を上げると、二本のやや短めな槍が掛かっていた。

亡くなった母（雪代）の護身用だ、と咄嗟《とっさ》に理解してそれに手を伸ばした美雪だった。

二人は、穂鞘《ほさや》を取った槍を手にして、襖障子から五、六歩退がった。

「槍を使《つこ》うたことはあるか美雪」

「父上より宝蔵院《ほうぞういん》流僧兵槍術《そうじゅつ》を相当期間に亘《わた》って教わって参りました。なれど美雪は実戦で用いたことはありませぬし、また用いる自信もございませぬ」

「刀の方が使い勝手が宜しいかえ」

「まだしも……けれども今はこの槍で結構です」

「其方《そなた》の大小刀は小振りじゃったな。侍寸法の方がよいならば、其方《そなた》の母者《ははじゃ》（雪代）の残していった大和伝《やまとでん》・古千手院行信《こせんじゆいんゆきのぶ》の大小が、そこの床の間に掛かっておる。切れ味すぐれる名刀じゃ」

多鶴が顎の先を「円窓床」の方へ小さく振ってみせたとき、三度目の男の悲鳴が生じた。

これは、先程よりもかなり近くであった。

「お祖母様《ばばさま》は私《わたくし》の後ろに控えていて下さい」

「何を言うか。この曽雅家へ恐れも無くようも踏み込んで参った不埒《ふらち》の者共。

このお祖母《ばば》が生きては帰さぬ。根絶《ねだ》やしにしてくれようぞ」

「それにしても、この刻限に一体何者が……」

「今宵、江戸からの客の歓迎の宴があると読んで、酒の酔いが皆に行き渡ったであろう頃を狙って襲い掛かってきたのじゃ。そうに違いない」

「離れにお泊まりとかのお客様を狙って、という心配はございませぬか」

「それはない。賊徒などに命を狙われるような御人《おひと》では断じてない」

「若しや、大神神社《おおみわじんじゃ》への途上で出没した貫頭衣どもが、またしても……」

「うむ。かも知れぬ。一体何が目的じゃ」

「家臣の者たちへは、歓迎の宴の席ではあっても一滴の御酒《ごしゅ》も戴いてはならぬ、と申し渡してございました」

「さすが幕府武官筆頭、西条家の娘じゃ。それでよい」

「お祖母様《ばばさま》、どうか私《わたくし》の後ろへ……」

美雪はお祖母様《ばばさま》の前へと一歩踏み出して立つと、近頃これだけは何時如何《いついか》なる場合であっても着物の袂《たもと》に忍ばせるようにしている細い巻紐を槍を持たぬ方の手で取り出し、ひと振りして解きほぐすや、槍を豊かな胸前に立てかけて鮮やかに素早く襷掛《たすきが》けとした。流れるような所作だ。

それを見てお祖母様《ばばさま》が思わず「ほう……」という表情を拵える。

美雪に、いざという場合の女性《おなご》の襷掛けの大事さを説いたのは、他でもない「あの御方《おかた》」であった。しかも「あの御方《おかた》」流独得の掛け方である。

「小太刀にしろ懐剣にしろ、対決する相手に向け振り回したときほんの一瞬でも袖《そで》が顔前で翻《ひるがえ》りやすと、それが生死の分かれ目となりやす。お宜《よろ》しいかえ、ようく御覧《ごらん》なさいましよ。袖のこの辺りのこの部分を丸く巻き込むかたちで強めに紐を絞めて襷掛けに致しやす。この絞め方だと、たとえ強めに絞めても腕に痺《しび》れがくることはござんせん。さ、見ていてあげやすから御自分でやって御覧なせえまし」

「あの御方《おかた》」の優しい物静かな言葉が、いま胸の内になつかしく熱く甦ってい
る美雪だった。

「おのれ、待ていっ」

叫びと共に廊下を走る荒荒しい足音が急速に迫りくるのをお祖母様《ばばさま》と美雪は感じ取った。

明らかに二、三人の足音と判った。

「あの叫び声はお祖母様《ばばさま》。家臣の土村小矢太に相違ございませぬ」

「土村……確か西条家の足軽頭土村利助の二男とかじゃったな」

「はい。念流の達者でございます」

二人が小声を交わしている間に、荒荒しい足音はたちまち「雪代の間」の前あたりまできてギンッ、チャリンと耳に痛い激しい撃剣《げきけん》の音に変わった。猛烈に切り結び合っているのであろう、空気を切り鳴らすヒヨッという鋭い音まで、はっきりとお祖母様《ばばさま》と美雪の耳に届いた。

続いて雨戸が蹴破られたと判るけたたましい音があって、「美雪様、退却を、退却を……」と甲高い悲鳴のような声がした。絶叫であった。

「小矢太……」と、美雪が目の前、塞がっている襖障子へ足を踏み出そうとするのを、「うろたえるでない美雪」とお祖母様《ばばさま》が抑えた。

「其方《そなた》が危険の中へ飛び出せば、邪悪と奮闘する家臣の働きが無駄となるのじゃ」

「なれど……」

「出てはならぬ」

お祖母様《ばばさま》が険しい目で美雪を睨みつける。

「この痴《し》れ者《もの》が」と座敷の直ぐ前で女性《おなご》の怒りの声とギン、ギン、ガチンと鋼《はがね》対鋼《はがね》の打ち合う音が響きわたった。

「佳奈……」

と、美雪が尚も「次の間」から出ようとするのを「駄目じゃ」とお祖母様《ばばさま》が小さな体をぶっつけるようにして懸命に制止する。

佳奈が斬られたのか、尾を引くような甲高い呻きがあって、「雪代の間」の障子が鉄砲を射ったような音を立てた。力まかせに引き開けられた障子が、受け柱に当たって生じた音であると、美雪にもお祖母様《ばばさま》にも判った。

二人は「次の間」の奥まで退がって、槍を身構えた。

「美雪や、このお祖母《ばば》が大声で不埒者《ふらちもの》に突きかかる。其方《そなた》はお祖母《ばば》の背中から不埒者を串刺しにするのじゃ」

囁くお祖母様《ばばさま》に美雪は首を横に振って小声を返した。

「そ、そのような恐ろしいこと、美雪には出来ませぬ」

「やらねばならぬ。其方は蘇我本宗家の血を引いているのじゃ」

「出来ませぬ」

「老いて枯れたお祖母《ばば》に残された人生は、あと僅か。じゃから美雪……」

「出来ませぬ。私《わたくし》はお祖母様《ばばさま》を守り抜きます」

そう囁いて美雪がお祖母様《ばばさま》の前に立ったとき、仕切り襖が勢いよく開いて大行灯の明りが流れ込んできた。

「無礼者、さがれっ」

美雪は槍を腰撓《こしだめ》として、礑《はった》と相手を睨みつけた。大行灯の明りを逆光のかたちで背に浴びた大きな黒い影であった。したがって面相は判らない。だが、肩の下まで長く垂れながした乱れ髪と、着ている物は見て取れた。まぎれもなく貫頭衣だ。その乱れ髪が、逆光のせいなのだろうか何と鋭く銀色に光っている。おそらく白髪《しらが》なのであろう。

その異様さに美雪は震えあがった。恐れていたことが遂に現実となったのである。

刀を右手の大きな黒い影が、無言のままずいと「次の間」に入ってきた。

美雪の見誤りではなかった。長い乱れ髪はまぎれもなく銀色に光っていた。

「さがれっ」

美雪は再び必死の叫びを放った。叫びながら余りの恐ろしさのため胸の内で泣いていた。自分はこれほどにも弱いのか、とも思った。

（先生、お助け下さい。……お力をお与え下さい）

この思いよ届いておくれ、と美雪は願った。祈りであった。

「ぐふふふっ」

不埒者が獲物を見つけた獣のように喉を鳴らした。いや、笑ったのかも知れなかった。

「何者じゃ、名乗れい」

お祖母様《ばばさま》が美雪の帯を摑むや小柄な体に似合わぬ力で引き退げ、その前へ自分が回り込んだ。

「さあ、名乗れい」と再び大声を発し今にも突き掛からんばかりに穂先を相手に向ける。

すると相手はまるで舞台役者にでもなった積もりであるかのように頭を大き

くひと振りした。バサッと音を立てて銀色の長い髪が頭を軸として円を描き、そして乱れ髪が割れた。

「お、おお……」

と、お祖母様《ばばさま》がよろめき退がって、その背中を美雪にぶっつける。割れた乱れ髪の間から、「さあ見よ……」とばかりに不埒者がその素顔《すがお》を覗かせたのだ。逆光の中、それは見誤ることのない確かさで「さあ見よ」とばかり演じてみせた。

この世の者とは思われぬ凄まじい素顔が、お祖母様《ばばさま》と美雪の目の前にあった。おどろおどろしい朱色の鬼面《おにづら》であった。否、まぎれもない鬼面《きめん》だ。

「その面を取れっ、化物《ばけもの》めが」

お祖母様《ばばさま》が一歩を踏み出した。屋敷内はすでに大騒乱に陥っているのであろう、男女の悲鳴絶叫が次次と伝わってくる。

「千数百年の昔《いにしえ》……」

不意に鬼面銀髪《おにづらぎんぱつ》の異形が野太い声を発した。野太いとはいえ、来世から迷い出てきた者のような、おどろおどろしい声音《こわね》であった。演じているような、わざとらしさは無い。

お祖母様《ばばさま》は総毛《そうけ》立ち、たじたじと後退《あとずさ》った。

鬼面《おにづら》の言葉が続く。憎憎《にくにく》し気な響きで。

「おのれら一族が権力のままに古代王朝の尊き方方《かたがた》を牛耳《ぎゅうじ》り、これを正《ただ》さんとした幾多の名族に鉄槌《てっつい》を下して滅ぼし或は放逐《ほうちく》し、六千万両相当《そうとう》と伝えられる金塊を私《わたくし》致したことは明らか」

「六千万両……」

呟いて美雪は茫然となった。六千万両相当とはまた、気が遠くなりそうな途方も無い額である。

「何を世迷言《よまいごと》を。祖母《ばば》に続け美雪」

そう言うのと腰撓槍《こしだめやり》で相手に突っ掛かるのとが、同時のお祖母様《ばばさま》だった。

「駄目っ」

美雪が踏み出そうとした時には、「笑止」とばかり鬼面《おにづら》の剣がお祖母様《ばばさま》の頭上に唸りを発して振り下ろされていた。

お祖母様《ばばさま》の頭蓋《ずがい》が打ち割られて血しぶきが飛び散り、その小さな体が呻きを発することも無く仰向《あおむ》けに倒れ、美雪は耐え難い絶望の余り槍を捨てて両手で顔を覆い、両膝を折ってしまった。

やさしい気性の美雪であった。武官筆頭にある父から護身の業を教えられてきたとはいえ、恐るべき邪悪を相手に激闘できる筈もない。

だがである。両手で顔を覆った闇の中で両膝を崩してしまった美雪を、ズダーンという大音響が見舞った。それは両膝をついている美雪の姿勢を乱してしまう程の、凄まじい畳床《たたみどこ》の震えだった。紛《まご》うこと無き激震《げきしん》である。

美雪は顔を覆っている両手を、恐る恐る開いた。

何ということであろうか。這う姿勢のお祖母様《ばばさま》が槍を手放すこともなく、しっかりと此方《こちら》へ躙《にじ》り寄ってくるではないか。てっきり斬られた、と見えた筈のお祖母様《ばばさま》が。

そして美雪は、そのお祖母様《ばばさま》の直ぐ向こうに見た。逆光の中、ひとときさえも忘れたことのない御方《おかた》の、すらりと伸びきった綺麗な「後《うし》ろ影《かげ》」を。

見間違いなどではなかった。他人の空似とかでもなかった。確信があった。絶対的な。

（宗次《そうじ》先生……）

この世に神はおられた、と美雪は思った。日常の生活の中で、亡き母の御霊《みたま》を通じて仏の存在——手ざわり——を感じそして信じることはあっても、神は余りにも遠過ぎる手ざわり無き存在と思ってきた美雪だった。

だが、目の前に宗次先生がいた。江戸で「天下一」と評判高い天才的浮世絵師の。

僅かに右足を後ろへ引き、何事もなかったかのように下げている両手には、得物《えもの》（武器）は無い。素手《すで》だ。

にもかかわらず、宗次先生と間近く向き合う位置に、見る者を震えあがらせる朱色の鬼面《おにづら》が、片膝をつき右手の大刀を畳に突き立てて、今まさに立ち上がろうとしていた。

が、ぐらりと泳いで左手を畳についた。立ち上がれない。

宗次先生に叩きつけられたのだ、と美雪には判った。胸に熱いものが激しく込みあげてきた。たちまち宗次先生の「後ろ影」が霞《かす》んで、小さな涙の粒が美雪の頬を伝い落ちた。大きな安堵《あんど》であった。

けれども次の瞬間にはハッとなって、美雪は「次の間」の円窓床《えんそうどこ》へ駈け寄り、刀架けの大和伝《やまとでん》・古千手院行信《こせんじゅいんゆきのぶ》の大小刀をしっかりと両手に取った。

多鶴は美雪の急激な変化を見逃してはいなかった。畳の上に正座してしまい両膝の上に槍を横たえ、身じろぎもせず美雪の動きを眺めている。

「先生……」

美雪は浮世絵師宗次の半歩ばかり左肩後ろ辺りに近付いて、そっと囁いた。

宗次が朱色の鬼面から目を放さず半歩退がって、「手傷は?」と矢張り囁いた。それは「次の間」に美雪がいると先《せん》から知っていた者の言葉の響きだった。やさしさが満ちあふれている。

「大丈夫でございます」と答えながら、美雪はまたも小さな涙の粒をこぼした。

「よござんした。お祖母様《ばばさま》は?」

宗次が、お祖母様《ばばさま》、と表現した。しかしそれに気を取られている場合ではない、美雪である。

「お祖母様《ばばさま》も無傷でございます」

「何よりでござんす。では、退がっていなさるがよい」

「これ……お刀」

美雪は鬼面に油断なく視線を注いだままの宗次の左手へ、古千手院行信《ゆきのぶ》の柄《つか》頭《がしら》を、半ばおそるおそる触れさせた。

それを手に取って帯に通した宗次の動きは落ち着いてはいたが、素速かった。

そして、そこではじめて美雪と顔を合わせ、知性の迸《ほとばし》りを見せている薄く切れ込んで引き締まった唇の端に、チラリと笑みを漂わせた。

それだけなら、尚も涙の粒を落としてはいなかった美雪だった。

宗次は刀を帯に押し通した右手は柄に触れたままに、左手を美雪の頬へと運んで涙の跡を軽くそっと拭ってやったのだ。

「先生……」

「大丈夫。さ、退がっていなせえ」

「はい」

頷いて美雪は、はらはらと涙を落としながら、お祖母様《ばばさま》の位置まで退がった。

「美雪、そなた……」

多鶴は呆気《あっけ》に取られたようにして、宗次の背中と美雪とを見比べた。

美雪は小声で応じた。

「もしや、お祖母様《ばばさま》。離れにお泊まりのお客様とは、佐紀路《さきじ》の菊寺《きくでら》の名で知られておりまする海竜善寺《かいりゅうぜんじ》の百了禅師様《びゃくりょうぜんじ》と、あの御方様《おかたさま》……」

と、そこで言葉を切った美雪は、宗次の「後ろ影」へ視線をやった。

「……江戸で天下一の浮世絵師と評され、今や京《みやこ》の御所様（天皇）からもお声掛かりがあると言われておりまする宗次先生ではございませぬか」

「そうじゃ。その通りじゃ。百了禅師《びゃくりょうぜんじ》様の大事なお客様としてな……それより も美雪、其方《そなた》あの宗次先生をよく御存知なのかえ」

お祖母様《ばばさま》は、凶悪と向き合っている宗次の背中と美雪とをまた見比べた。

「はい。よく存じておりまする」

「まさか美雪、其方《そなた》……」

お祖母様《ばばさま》がそこまで言ったとき、宗次の前で朱色の鬼面がようやくのこと立ち上がり、天井を仰いで絶叫した。辺りを圧する、さながら雷鳴のような絶叫であった。「うおおっ」でもなく「かあっ」でもない、文字でも言葉でも表現し難い異様な咆哮《ほうこう》だった。

「な、なんじゃ一体……」

と、気丈なお祖母様《ばばさま》が思わず美雪にしがみ付いた。まるで人間とは思えぬ常軌《じょうき》を逸《いっ》した狂乱の咆哮に、さすが美雪も顔色が無い。

もう一度吼《ほ》え直し、宗次を威嚇《いかく》するかのように半歩踏み出して畳を震え鳴らした鬼面《おにづら》が、何を思ったか廊下へとよろめき退がった。

まるで見事な悪役者。

廊下の雨戸三枚が広縁をこえて庭の下へまで吹っ飛び、今宵の外《そと》は篝火《かがりび》の無い漆黒《しっこく》の闇だった。いや、「雪代の間」の大行灯の明りで、うっすらとだが庭先あたりまでは染まっている。散乱する雨戸三枚を視認できる程度には。

が、何もかもを溶かし込んでしまう程の重い闇と言って差し支えなかった。

宗次に叩きつけられいささかの痛手を受けている筈の鬼面が広縁からひらりとばかりその闇に向かって舞い上がり見えなくなった。

そして、またもや朗朗たる大咆哮を放ったではないか。姿は闇に溶け込んで見えなかったが、咆哮は広縁からそう遠くない先だ。

宗次がゆっくりとした歩みで、広縁の端へと近付いてゆく。

お祖母様《ばばさま》と美雪は、その「後ろ影」から視線をそらさずに、固唾《かたず》をのんだ。とくにお祖母様《ばばさま》は、百了禅師《びゃくりょうぜんじ》より宗次のことを「すぐれた浮世絵師」としか紹介されていないため、心の臓をはらはらとさせて極度の緊張状態に陥っていた。

宗次の歩みが、広縁の端で止まった。さながら人気役者の如く、すらりと伸びきった後ろ姿。

と、闇《くら》く広い庭の向こうがほんのりと月明りに染まり出し、それが次第に広縁の方へと、明りを強めつつ、さざ波が打ち寄せるかのように広がり出した。

（あっ……）という驚きの声を忘れて美雪が思わず背すじを反らし、お祖母様《ばばさま》が「なんと……」と恐怖の呟きを漏らした。

お祖母様《ばばさま》と美雪が、皓皓《こうこう》と降り出した月明りの中に見たものは――。

十三

いつの間に其処《まそこ》へ現われていたのか、さながら真昼《まひる》を演じるかのように降り注ぎ出した青白い月明りの中に、顔をそむけたくなるような侵入者が「雪代の間」と向き合うかたちで横一列に仁王立ちだった。

その数、なんと三十名に確《たし》かに迫っていた。

美雪は肩を窄《すぼ》めるようにして息を止め、お祖母様《ばばさま》はふらつきながらも立ち上がって左手の槍を微かに震えている右手へと持ち替えていった。美雪よりも、お祖母様《ばばさま》の表情の方が強張《こわば》っている。

それもその筈。侵入者の分際《ぶんざい》で三十名に迫らんとする全員が昂然《こうぜん》と腕組をし、ぼろぎれのような貫頭衣に乱れた長い銀髪だった。そして、「さあ、見よ」とばかりにその長い銀髪を面前《つらまえ》で左右に分け、くわっと見開いた眼《まなこ》の鬼面《おにづら》を覗かせている。

いや、鬼面《おにづら》ではなかった。ここに来て美雪もお祖母様《ばばさま》もその鬼面《おにづら》の真《まこと》をようやくのこと確《しっか》りと見ることが出来ていた。正しくは般若面《はんにゃづら》であった。般若とは本来、物事の理《ことわり》を看破《かんぱ》する強靱《きょうじん》な崇高《すうこう》にして清冽《せいれつ》なる智慧を指している。世に知られる「大般若経」（全六百巻）は、この問題の備えとなる神聖この上もない経典とされている。

もう一方で般若は、能《のう》の女面《おんなめん》（鬼女）の一つとして、憤怒《ふんぬ》、苦悩《くのう》、嫉妬《しっと》という三つの情について、舞台芸術の上で輝かしい幾多の演舞を残してきた。圧倒的な迫力のもと、にである。

こともあろうに曽雅家へ踏み込んだ不埒の者共《ものども》は、その般若で凶徒面《きょうとづら》を隠しまるで征服者の如く傲然《ごうぜん》と仁王立ちではないか。

美雪もお祖母様《ばばさま》も、さながら月下の歌舞伎の舞台にでも引き込まれていくかのように、身じろぎもせず其奴《そやつ》らを見守った。

其奴らの中央に位置する一際《ひときわ》体格の大きな般若はなんと青面《あおづら》であって、貫頭衣も腰の両刀の柄も青であった。二本の角《つの》の先は鋭く、真っ赤な口は耳の下まで裂けている。

其奴の配下にしか見えない他の連中はひとりを除いて皆、貫頭衣も般若面も白だ。

青般若の直ぐ右手の位置には血を浴びたかのような朱色の般若が、刀を杖として左脚をふらふらと震わせながらよろめき立っている。

明らかに、逃げ込んだ、という表現が妥当な、宗次に叩きつけられた赤般若の態《てい》であった。

余程に凄まじい投げを、宗次から浴びたのであろう。なにしろ畳床が大音響を発したのだ。般若面の内側でその素顔は苦痛で歪んでいるに相違ない。

広縁の端に立った宗次が、大和伝・古千手院行信の鯉口を切り、そして柄をさながら労《いたわ》るようにひと撫でしてから、鞘をサリサリサリと微《かす》かに鳴らした。遂に白刃《しらは》が月明りの中にあらわれ出した。

ゆっくりと……実にゆっくりと鞘から滑り出た白刃が一度、中程でその動きを静止させ、月明りを吸って白刃が青みがかった色に染まり、稲妻のような鋭い反射光を一瞬、不埒《ふらちども》共に向けて放射した。

三十名に迫らんとする般若の不埒共が、風に煽《あお》られでもしたかのように庭土《にわつち》をザザッと鳴らし一斉に数歩を退がる。殆どの者が腰を沈めて抜刀の構えを見せていた。

宗次が白足袋《しろたび》のまま広縁下の踏み石の上に下り立ちながら、遂に古千手院行信を完全に抜き放って刃を僅かにひねる。それにより、またしても刃が稲妻を放った。

般若の不埒共が、白刃を自在かつ微妙に操る宗次に圧倒されてか、再び地面を擦《す》り鳴らし、土煙りで足元を曇らせて退がった。

宗次が下り立って不埒共を見据える踏み石の脇に、袈裟懸《けさが》けに血を噴き出している息も絶え絶えの二人――男と女――がいた。

男の名は小矢太。西条家の足軽頭土村利助の二男で、忠寛に次ぐ手練の筈であった。

女は腰元の佳奈である。

眩しいばかりの月明りを浴びる宗次は、振り返ってお祖母様《ばばさま》を見た。美雪ではなくお祖母様《ばばさま》を見たのは、この曽雅家の実質的な当主、とすでに理解しているからであろうか。

「美雪や……」

お祖母様《ばばさま》に促されて、美雪は「はい」と腰を上げた。

「宗次先生の眼差《まなざ》しが、こちらへ、と招いておられる」

「はい。私《わたくし》もそうと見ました、お祖母様《ばばさま》」

「そうか、そう読めましたかえ」

多鶴は頷くと、右手の槍を腰撓《こしだめ》とし、左腕を美雪の右腕に絡めて「次の間」から「雪代の間」へ、そろりと移った。表情に強張《こわば》りは見られるが、それにしても大変な気力であった。小柄な老体からは、とても窺《うかが》えない気力だ。

美雪はお祖母様《ばばさま》に促されて「雪代の間」から廊下へ、そして廊下から広縁へと出て血まみれの小矢太と佳奈を認め、（あっ……）と声無き叫びをあげた。

「お祖母様《ばばさま》、応急の手当に必要なものはございませぬか」

「うろたえるでない美雪。ここは大和国《やまとのくに》の曽雅本宗家ぞ」

そう言うなり多鶴は広縁に槍を投げ捨てると、「雪代の間」へ這うように上体を泳がせて身を翻した。

美雪が「小矢太、佳奈……」とうろたえ気味に踏み石の上へ白足袋《しろたび》のまま下りようとすると、宗次が「お止しなせえ」とやんわり制止した。目は不埒共へ向けたままだ。

「浅い傷じゃござんせんが大丈夫。心配いりやせん」

「は、はい」

美雪は、家臣かわいさの余り醜《みにく》いうろたえを宗次先生に見せてしまった、と広縁に座り込み肩を落としてしまった。

宗次が正面の青般若を見据えつつ、踏み石から下り、一歩さらにもう一歩と不埒の者共へ静かに迫った。

今度は侵入者は退がらず、双方の間が縮まった。

と、青般若がのっそりとした動作で二歩前に出て、礑《はった》と宗次を睨みつける。ただ睨みつけただけではない。人気役者の大見得の如く、頭をひと振り、つまり乱れた銀色の長髪を大きく激しくひと振りして、ぐいっと青般若面《あおはんにゃづら》を前に突き出してみせた。腰に両手を当てた姿勢で。

「千数百年の昔《いにしえ》より……」

それは赤般若面《あかはんにゃづら》が少し前に、お祖母様《ばばさま》と美雪に対して突きつけた憤怒に満ちた大声そのものだった。

違うところは、その大声を後押《あとお》しするかの如く、白般若《しろはんにゃ》共が一斉に「おうっ」と怒濤《どとう》の斉唱《せいしょう》を放ったことだ。満月の月明り降りしきる夜気が泣き震えた。

赤般若は、またしても脚をぐらりとよろめかせ、斉唱には加われない。カッとばかり宗次を睨みつけている。

「おうっ」と、青般若を促すような白般若共の再びの一大斉唱。

大振りに二度頷いてみせた青般若の怒声が――明らかに怒声が――夜陰に轟きわたった。

「……おのれ恨めしやと追い続けて参った蘇我の権力亡者共《けんりょくもうじゃども》。古代王朝より掠《かす》め取《と》りし六千万両相当の財宝を我等の手に今直ちにこの場で戻すか、さもなくば我等の聖なる手によって滅すべき道を辿《たど》るか、性根《しょうね》を据えて確《しっか》り返答せい」

「おうっ」

白般若共が一斉に吼えて二歩を踏み出し、予め決められてあったかの如く皆揃って綺麗に抜刀の構えとなった。

月下に殺気が急激に膨れあがる。表門の界隈《かいわい》にもまだ般若の別勢力が止《とど》まっているのか、その方角でまた悲鳴がおこった。

「古代王朝より掠め取りし六千万両相当の財宝とは一体何じゃ。この古屋敷《ふるやしき》の何処にそれ程の財宝を隠せるというのじゃ。それを戻せ返せと喚《わめ》くおのれ等侵入者こそ、その薄汚なき般若面を取って素顔を見せ、血筋正体を堂堂と名乗ってみせい」

叫び返したのは、お祖母様《ばばさま》であった。広縁に立ち、両手に薬箱を提げて爛爛《らんらん》たる眼《まなこ》で般若共を睨みつける。力なき小柄な老婆でありながら、その体からぷるぷると憤怒を放つ凄まじさは、一歩も退《ひ》かぬ迫力だ。

美雪がお祖母様《ばばさま》の手より薬箱を受け取り踏み石の下へと下りたとき、一言も発することなく無表情に般若共を見つめていた宗次の足が滑るように音立てることもなく青般若へと迫った。風のように疾く、しかも大和伝・古千手院行信をなんと右の肩に乗せている。

白般若共が、よく鍛えられた兵の如くに慌てることなく素速く、乾いた庭土を蹴って土煙りをあげ、青般若の前に立ちはだかった。そして、一糸の乱れもなく抜刀。

お頭様《かしらさま》――青般若――を断固として護り抜こうとする烈烈たる意気込みが、殺気をも孕みつつ、炎《ひ》を噴きあげている。

その立ちはだかる白般若共の直前、三間《けん》ばかりを空けて宗次の動きが止まった。

「な、何者じゃ、おのれは一体」

赤般若が怒り狂ったように怒声を発した。依然として刀を右手に杖とし、よろめき立っている。どうやら、おのれの予想をこえた手傷を受けたようであった。

「汚らわしき侵入者共の方こそ名乗れ。さあ、面を取って名乗ってみよ。この小さなお祖母《ばば》が怖いか。名乗れぬか。比類《ひるい》無き程に卑劣極まる馬鹿者共めが。ぷんぷん臭うぞ田舎者《いなかもの》めが。さあ、名乗れい」

忿懣《ふんまん》が余程に収まらないのであろう。いや、激怒しているのであろう。小さなお祖母様《ばばさま》が広縁の端にそれこそ仁王立ちとなって、尚も叫びまくった。凄みを増している。異様とも言える、凄みであった。

それを聞き流してか、美雪は小矢太と佳奈の手当に懸命であった。

「そこな若僧っ」

白般若の護りの背後で、背丈に恵まれた赤般若が左手をわなわなとさせて宗次を指差した。

「おのれは何者じゃ。先ずおのれが名乗れ。さあ、名乗れい」

よろめきながら頭を振り回し、さながら半狂乱の態であった。

聞こえていたのか、いなかったのか、宗次が無表情のまま肩に乗せていた古千手院行信を、すうっと右下段構えに下げる。

その一瞬を捉えて、青般若が「殺《や》れい。其奴《そやつ》を」と轟然《ごうぜん》たる声で命じた。その命令があると待ち構えていたのであろう。白般若共が宗次の右下段構えが固まるよりも先に、庭土をずずっと響かせて取り囲んだ。

乾いた庭土が土煙りとなって白般若共の膝頭あたりまで舞いあがる。

しかし宗次の動きに、寸陰を惜しむ乱れは全く無かった。静かな流れるように美しい動きが、切っ先を右足先の真上として、ぴたりと止まった。しかもである。両の目を閉じている。いっさいの雑念を拒むかのようにして。

小矢太と佳奈の応急手当に懸命な美雪は気付かなかったが、広縁に怒りの老体を仁王立ちとさせているお祖母様《ばばさま》は、目を閉じた横顔をややこちらに見せるかたちとした宗次の右下段構えに、茫然となった。当たり前な茫然ではなかった。精神《こころ》の置き場所を見失ったかのような、口を薄く開《あ》いたままの茫然であった。

（な、なんと綺麗な……）

思わず胸の内で、そう呟いた自身の呟きにさえも気付かぬ、お祖母様《ばばさま》であった。

多鶴は生まれてはじめて見た。たったひとりの侍が、圧倒的に不利と判る多数の敵を相手にしかも両の目を閉じて完成させた、右下段構えという藝術的なほどに美しい構えを。

それは一方で、凄惨《せいさん》、という表現を隠し持っていそうな美しさでもあると気付いた多鶴は思わず、ぶるっと小さな老体を震わせた。

白般若共がまたしても庭土を擦り鳴らし、宗次を取り囲んだ輪を縮める。

ここでようやくのこと、美雪がその対決のかたちに気付いて、息をのんだ。

「先生……」

と、小声を漏らして立ち上がった美雪に、「見ているのじゃ美雪、静かに……」とお祖母様《ばばさま》が小声ではあったが強い響きで告げた。

「美雪や。其方《そなた》、宗次先生を好いておるな」

お祖母様《ばばさま》の囁きに、美雪は豊かな胸の前で可憐《かれん》に合掌しつつ、黙っていた。まるで幼子《おさなご》のような素直《すなお》さになりきっている自分が、美雪には見えていたが、答えずに黙っていた。それこそが大事であるかのように。

「そうか、いい子じゃ、いい子じゃ」と、お祖母様《ばばさま》が矢張り囁きで応じた。美雪の胸の内を果たして理解できたのであろうか、それともできなかったのであろうか……。

この時――。

「何をしておる。殺《や》れい」

「おうっ」

命令の怒声と、承知の斉唱が同時に迸《ほとばし》って、満月が急に曇った。

小さな雲が、西から東へと夜空を流れている。

宗次の右下段の身構えは、ひと揺れもしない。

お祖母様《ばばさま》も美雪も小さな息をすることさえも、堪《こら》えた。背すじに氷塊を押し当てられているようであった。

夜空の雲が満月の下半分を掠《かす》めて、流れきる。

皓皓たる白昼の夜、が戻ってお祖母様《ばばさま》の喉《のど》が怯えたように、ごくりと鳴った。

刹那《せつな》――。

「むんっ」

「えいっ」

裂帛《れっぱく》の気合い二つよりも先だった。二本の白刃《しらは》が貫頭衣を閃《ひらめ》かせ宗次の左右より月光を散乱させて矢のように斬り掛かる。修練を積み重ねたと判る凄まじい速さ。

笑う般若面。

美雪が耐えられずに、両手で顔を覆った。

だが、お祖母様《ばばさま》は見た。見なければならぬ、と全身で踏ん張った。

空気をブンと斬り鳴らして右から振り下りてくる般若刀《はんにゃとう》へ、なんと宗次が踏み込むようにして顔を持っていった。両の目を閉じた顔をである。

信じられないような光景を、お祖母様《ばばさま》は見た。

顔をざっくりと割られた、かに見えた宗次が、ふわりと僅かに背中を反らせ、その鼻先を白般若の切っ先が掠めた。

お祖母様《ばばさま》にはっきりと見えたのは、そこ迄であった。

次の瞬間、振り下ろした切っ先で地面を激しく打った筈の白般若は、刀を高高と中空《ちゅうくう》に舞い上げられ、利き手の甲を真っ二つに裂かれていた。白般若が膝を崩す。

この時には宗次は膝を崩した白般若を既に回り込み、もう一方の白般若の背後に立っていた。猛速でも迅速でもない宗次の動きであった。お祖母様《ばばさま》には、それこそ蝶が舞うかのように、ふわりとしたやさしい速さにしか見えなかった。まさに、見えなかった、のだ。

真《まこと》は、閃光の如き、激烈な速さであったことを、知るよしもないお祖母様《ばばさま》である。

背後に回られた白般若が慌てて振り向いたが、それは敗北の無残な姿を宗次に預けたに過ぎなかった。

身構えする間《ま》も許されず其奴《そやつ》の刀はギンとひと鳴りして地面に叩き落とされ、下から上へと翻《ひるがえ》った古千手院行信の一閃《いっせん》で、先《せん》の奴と同様またしても利き掌《て》を割られるや、背中から激しく無言のまま沈んだ。

お祖母様《ばばさま》は戦慄し、鳥肌立った。その様は、はっきりと見えた。

背中から沈んだ白般若の肉体が、庭土の上を二度蹴鞠《けまり》のごとく大きく弾んだのである。

人間の肉体は、殆ど水分で出来ている。

硬い地面に叩きつけられた肉体は弾む前に、体内の水分でその弾性はたいてい吸収される。

その程度の知識ならば、当然のこと備えている〈大和国《やまとのくに》・曽雅家のお祖母《ばば》様《さま》〉であった。

ところが白般若は弾んだ。それもドンと地面を鳴らせて二度も。

物凄い衝撃がその白般若の肉体を見舞った筈だった。

まさしく、その通り。仰向けのまま、ぴくりとも動かない。

「お、お祖母様《ばばさま》……」

顔を覆っていた両手を下ろし、宗次の無事を我が目で確かめた美雪は、幼子のように「よしよし」とお祖母様《ばばさま》に肩を抱《いだ》かれた。

二人に背中を見せて宗次は、呼吸《いき》を荒らげることも肩を力ませることもなく、右下段構えで青般若に向き合っていた。青般若は刀の柄に手をやって仁王立ちのままだ。

「無念無想《むねんむそう》……を極めた剣じゃ。そして、あれこそ、静中夢想《せいちゅうむそう》の剣じゃ。まるで夢見るような」

お祖母様《ばばさま》は、「ほおお……」と小さく息を乱しつつ、いささか剣を心得ている者の如く一気に呟いた。

「美しい……実に見事じゃ」

それが、驚きを込めたお祖母様《ばばさま》の呟きの締《し》め括《くく》りであった。

と、月下を表門の方向から駈けてくる慌ただしい足音があった。

「義助じゃ。あの駈けようは……」と、お祖母様《ばばさま》が足音の方を不安気に見る。

屋敷の大屋根が月明りを遮って、表門方向へと広がる庭が濃い影で染まっている。

その大屋根の影の中を走り抜けて月明りの中へ現われたのは、義助ではなかった。

白い貫頭衣に返り血を浴びた、白般若である。小柄だ。

だが向き合う宗次と青般若は身じろぎ一つしない。斬るか斬られるかの無音《むおん》無騒《むそう》の激突が、いま双方の間で火花を噴き散らし始めていた。

一触即発だった。

貫頭衣に返り血を浴びて駈け現われた小柄な白般若は、利き手を朱に染めて倒されている仲間二人に一瞬、体全体で驚きを見せた。

そして、宗次の背後へ刀の柄に手をやりつつ忍び寄ろうとしたが、「邪魔だ、消えろ」と青般若の雷鳴のような怒声が飛び、首をすくめて飛び退がった。

「此処へ来いっ」

刀を杖として気丈に反り返り立ちしている赤般若が其奴《そやつ》を手招いた。

どうやら、青般若が首領で、赤般若が副首領というところか。

赤般若に近寄った小柄な白般若が、その耳元で何事かを囁いた。

赤般若が「うむ」とばかり一度二度と首を縦に振った。

「獲物《えもの》取ったり……」

赤般若が青般若の背に向かって、大声で猛猛《たけだけ》しく叫んだ。

青般若が深深とした頷きをみせた。「よくやった」と言わんばかりの満足気な頷きだった。そして、その全身から、見ている者に判るほど、すうっと殺気が消えていく。

むろん、宗次がそうと気付かぬ筈がない。古千手院行信を静かに鞘に戻すと懐手《ふところで》となって踵を返し、ゆったりとした足取りで美雪と顔を合わせて戻り出した。

お祖母様《ばばさま》も美雪も体を硬くした。青般若は刀の柄からまだ右の手を放していない。しかも抜刀に備え幾分腰を下げている。一足飛びに斬り掛かれば、宗次は背後から袈裟懸けにやられかねない。

けれども宗次は、さながら舞台を去る役者を思わせるかのように瓢然《ひょうぜん》の態《てい》であった。